恋する少年十字軍

早助よう子

河出書房新社

目次

装画＝高村智恵子
装幀＝佐々木暁

恋する少年十字軍

少女神曰く、「家の中には何かある」

兄が帰って来たのは夏の暮、ある日のことだった。時計の針は四時をまわったところで、あいにく家にはわたししかいなかった。

兄は玄関の戸をあけて、それまでの八年間などなかったかのように「パパとママは?」とわたしに尋ねた。いない、と答えた。兄はライターの火を口元に持っていき、煙草に火をつけて煙を吐き出してから、ちらりとこちらを見た。

「車で来たの?」

「いや、ガソリンが手に入らなくてね」

わたしはこれを聞くと少々がっかりした。兄は顔をしかめたが、これは懐かしい動作だった。兄は、子どもの頃から片頭痛に悩まされていたから。それからわたしの肩越しに家の中をのぞき、入ってもいいか、と訊《き》いた。

「もちろん」わたしは言った。バラ色の頬は褪《あ》せ、なんだか全体に冴えない感じだった。かつての天才少年もかたなしだった。

廊下を歩きながら兄は、妻と別れて帰って来たと言った。

「お前、学校はどうした」

わたしは口の中で繰り返し、その響きを舌の上で転がして楽しんだ。学校、学校。

この三年行っていないと答えると、兄は驚いたようだった。わたしはしかし、学ぶということをとうに放棄し、自分自身によって自分自身を養っていた。

家では、わたしはかなり重要な人物だった。家にはわたし一人。商店にはまだ品物があった。それも徐々になくなっていくのだが、半年前までは気晴らしに、街までちょいちょい出かけていた。わたしは奇妙な自信にあふれ、一家の有能な主婦として家を切り盛りしているという気分に浸っていた。朝、目覚めて最初に窓の鎧戸を開けるのもわたしなら、掃除機をかけたり、窓を開けて空気を入れ替えたり、床を掃いたりするのもわたしだった。リビングのカニサボテンに水をやり、厚い葉をぞうきんの耳でふいてやるのもわたし。

最初のうちは緊張して眠りが浅く、朝方何度も目が覚めたけれど、最近では昔と同じように深く眠ることができるようになった。帰って来た兄はリビングのソファーにふかぶかと座り、お腹の上で手を組んで、何日も動かなかった。

やがて冬が来た。けれどもその前に、わたしが兄を避けて過ごしていた時期があったことを語らなければならない。ガスや電気は来なくなって、わたしたちの疲労も極まった。近寄ると兄はすっぱい匂いがして、胃の具合でも悪いのか、時々は鼻が曲がりそうに臭かった。でも、これが原因で兄と縁遠くなったわけではない。わたしは恋をしていたのだ。ほら、身に覚えはありませんか。恋をすると、家族と顔を合わせるのを、うっとうしく思ったでしょうが？

彼女とは、畑の真ん中で出会った。何か食べるものはないかと固い、いじけた土を掘り返していると、向こうからやって来たのだ。彼女は年上で、高校に通ったことさえあるという。青白く病み疲れて頬はそそけ、肘やひざや肩の関節がとがって突き出していた。人魚のように長い髪を胸の前に垂らしていた。彼女があまりにか細く、はかなげで美しいのでわたしの目に涙が浮かんだ。

わたしはすぐに夢中になった。あんまり夢中になったものだから「わたしはこの人と生きて行くのかしら」なんて考えていたのだ。兄を捨てる覚悟はできていた。あの人は、一人でも生きていける人だ。

でも、ああ、人生はそう甘くはない。結局、悪口になるのだから多くは語らないが、すみれ色の瞳の彼女に言われるまま、わたしは缶詰やインスタントコーヒーの粉、なけなしの木綿布を渡した。彼女に渡したものだけで、ゆうに一ヵ月は暮らせただろう。彼女はわたしに霊感を与えたが、最後には犬をけしかけた。あの犬も、こらえきれずにすぐにおしっこをもらしていたところを見ると、病気だったのかもしれない。右を向いても左を向いても皆、病気だった。あの子の家族、最後にはあの可哀そうなテリアだって食べてしまったにちがいない。

さて、わたしが思うに、その恋ともいえない恋は、きっとわたしの考えすぎを止めるためだった。わたしは考えてばかりいた。考えて、考えて、考えることについても考えていた。もっと後になるといよいよお腹がへって、よけいなことを考える余裕はなかったけど。わたしは恋するからだとなり、その間だけはこの厄災を、楽に乗り切ることができたのだ。

冬は来たけど、電気もガスも来なかった。わたしと兄はお互いの部屋を出てリビングに集まった。

昔は、早く目が覚めた冬の朝はマフラーを巻いて、みんなで散歩に出かけたものだった。この町は線路を挟み、北と南で不均等な発展をした。線路の北側には整備された大きな道路がのび、商業ビルや銀行が立ち並んでいた。ポプラ並木の目抜き通りの裏には、小さな飲み屋がごちゃごちゃ軒を連ねている。でも線路の南側には、黒土の畑がどこまでも広がっていた。春には菜の花が咲き、モンシロチョウが飛んだ。地平遥かに青い靄《もや》のかかった大きな建物が見え、それは工科大学のキャンパス。父も母もそこの研究所に勤めていた。わたしは霜柱をざくざく踏んで、この辺りを散歩した。あれが、たった八年前の出来事だなんて信じられない。父の淹《い》れる、コーヒーの香ばしい香りが恋しかった。

今では朝はできるだけ動かないようにじっとしているほかなかった。いったん体が冷えてしまうとそれを暖める何物もないからだ。お腹のなかを暖める、一片のパンさえない。駅の向こう側に行くのは、食べ物を探しに行く時だけだった。畑はぜんぶ掘り返された。まだ若いうちに掘り返された、植えたばかりの苗たちが倒れて腐っていた。でもわたしだって、植えたばかりの苗を抜いて持って帰ってしまったことがある。まだ白い根が二センチしか生えていないような、つる性の植物だった。わたしは何故、あの苗を、家の裏庭に植えなかったんだろう？

昨日、家の表を、「助けて、助けて」と叫びながら走っていく女の人がいた。青い汚れたコートを着て髪を振り乱し、足は寒そうな素足。わたしも一緒になって走ろうかと思った。助けて、助けて、と叫びながら。体が暖まるし、ちょっとした気晴らしにもなっただろう。女の人はぺらぺらの裾《すそ》をなびかせて、叫びながらやって来て、目の前をいちもくさんに駆け抜けていった。わたしは塀に持たれてそれを見ていた。なかなかきれいな人だった。完璧に、完全に恐怖に取り込まれた顔つき。それから、すわ、どんな人が？　と思い、期待をもって彼女の来し方を見つめた。けれど、いつまで待っても、ひとっこ一人、来なかった。

兄は研究を重ねていた。もっとも好ましい諸力だけが家の中に入って来るようにと。兄が言うには、忌まわしい力が大気に充満していて、わたしたちの家の中に侵入して来ようとしているのだった。確信めいた口調だった。そう言われて見まわしてみると、家は妙に心もとなく、屋根も壁もあるのに守られていない、という感じがした。すかすかの家に、扉を閉める音だけがやけに響く。

この家を捨てることにした。わたしたち兄妹にはあてがある。北の街、函館に、親戚が住んでいるはずだった。電車も飛行機ももうだめ。でも、バスだけが奇跡的に大丈夫だった。奇跡的に。すべての財産をはたいてチケットを二枚手に入れ、ありったけを着こんでわたしたちはでかけた。もう後戻りできない。家を出るとき、鍵をかけなかった。「誰かが逃げ込んでくるかもしれないだろ」と兄は言い、わたしはうなずいた。誰かの避難所になりますように。

「また帰ってくるのかな」思わず口走ると、兄はしばらく考えてから、ゆっくりと、なぞかけみたいな返事をした。「僕らがいつか帰る時、それが僕らだとわかる人は、もう誰もいないだろう」

バスに乗り込むと、兄は肘かけにおいたわたしの手を握った。わたしはまじまじと兄の顔を見上げたが、照れ屋の兄は反対側へ顔をそむけていた。

バスは道なき道を走った。朝を走り、昼を走り、無人の町を抜け、海辺を走った。のろのろ、のろのろ、夜じゅう走った。道の両側には完全な闇が広がり、わたしたちのバスを包んだ。しかし、とうとう運転手が言った。「ここまでだ」

怒号が飛ぶと、「ガソリンがなくなったんだ」と彼は運転席から乗客のほうを向いていいわけした。

運転手の言葉を聞いた乗客はしばらく身動きをしなかった。そうすればこの恐ろしい瞬間をやり過ごすことができるかのように。バスのエンジンが再び音を立てて動きだすのではないかというように。

だから、いちばん最初に動きだしたのはバスではなく運転手だった。彼は暖かそうな毛皮の裏地がついた帽子を取り出して、紐《ひも》をぎゅっとしめ、「じゃあな」と一言、言った。一段高くなった運転席からすべりおり、ぽかぽかと暖かく日の照っている雪原へ踏み出した。運転手が開けた出口から、湿気を帯びた冷たい風がさっと吹きつけた。空は真っ青で、ところどころ雲が浮かんでいた。明るい空だった。次々と人がおりだした。兄が「行こう」と言ってわたしの腕をとった。最初のうちは兄の背中だけをまっすぐ見つめ、人に混じって歩いていた。別に他に道があるという訳ではなかったのに、すぐに人影はまばらになった。横から強い風が吹いて、わたしのオーバーの裾をはためかせた。塩からい、海の風だと思った。千切れ雲がわたしたちの頭上を通り、雪原にいくつも影を落とす。

わたしたちのすぐ前には五歳くらいだろうか、女の子がいて、父親と母親が腕をとって歩かせていた。着膨れして、ほっぺたなんて真っ赤で、とがった小さな唇は頑固そうで、ほんとに可愛い子だった。女の子の親は遅れがちな子どもを邪険にひったて、わたしはその子に代わって抗議してやろうかと思った。大人なんて勝手なもの。ひと足ごとに、あの子はどれほどの怒りをためこむのだろう?

並行して走っていた線路が急に離れて行くように、あの家族もまた、ためらいもせずに一団から離れた。彼らが進路を変えた時、子どもがちらっとこっちを見た。父親がぐいっと腕をひっぱったので、一瞬の出来事だったけど。わたしたちは目配せし合った。あの子のことを、わたしは一生忘れない。

「ねえ、お兄ちゃん、ここは北海道なの?」

違うだろ、と兄は答えた。まだ海を渡っていない。本州と北海道の間には、海があるんだ。

わたしは沈黙し、北海道とわたしたちを隔てる海について考えた。それは、深いのだろうか？冷たいのだろうか？　立ち止まって、兄に煙草をねだった。兄はウールのコートに手を入れ、内ポケットからしぶしぶ一本取り出した。兄が自分の手で巻いたと思しき、妙に細くて、しんなりした煙草だった。中身が何か、わかったもんじゃない。わたしのカニサボテンかもしれない。だって、ある日急に消えたのだ。食べるのをよして、あんなに可愛がっていたのに。

「この辺りは、海だったのでは？」わたしは一服しながら尋ねた。

「なんでそう思うんだ」

「広くて、雪の形が波みたいだから」

夕方の光の加減で、雪原には無数の、波のような影がさしていた。

「いや、違う。潮風が雪を散らしてこんな形になったんだ」兄は言った。「ここは海じゃない、俺たちは、国道にいるんだ」

思いこみから解放されて、気持ちが楽になることはある。わたしは「ほう」と言い、夕空に向かって口をすぼめ、煙草の煙を吐いた。気温はどんどん下がっていたけど、ここが道の上だという兄の意見が、わたしの気持ちを楽にした。それなら、きっとどこかへ続いているはず。

わたしたちは再び歩きはじめた。右に左にふらふら歩きながらも、大きな雪のふき溜まりがあると硬さを確かめ、上に乗ってみずにはいられない。そんなに急ぐ旅ではない。「パパとママはさ」と兄が言う。

「お前が、どうにかしちゃったんだろ？」

わたしは返事をしなかった。黙って、雪のふき溜まりの上から兄を見下ろしていた。

やがて、雪の上に影が長くのびた。無言で歩いていると、不意に兄がうめき声をあげ、その声の調子に、ずっと先を歩いていたわたしも足をとめて振り返った。彼は腕を広げ、天をあおいだところだった。白い息が、いくつものぼっていった。

「あーあ、これが全部、ドッキリだったらいいのになあ」

涙声がわたしの耳まで届いた瞬間、兄は誰かにこめかみを撃たれでもしたかのようにはじけ、横っ跳びに頭から——血の袋そのものとなって——倒れたのだった。

恋する少年十字軍

あなたはそろそろ都会の生活に見切りをつけ、田舎の汚染されていない、きれいな空気を胸いっぱい吸い込みたいと思い、両親の家に戻った。両親は健在で、娘が戻って来たことに戸惑っていた。家に着いてすぐ、故郷の町はもともと単身者、はみだしものが住めるようには出来ていないことを思い出した。娘気分でぶらぶら出歩くとひどく目立つ。どこへ行くにも車が必要で、話の合う人もいない。かつての同級生も、仕事や家庭に忙しい。不倫くらいしかすることがない。その不倫の恋も不首尾に終わってしまうと、かつての自分の部屋で、十代の頃のむかつくようなアイドルのポスターをにらみながら、腐った都会の空気で肺腑を焦がすのも悪くないと考え直した。

両親に別れを告げて、東京に戻ってくると、仕事がなくなっていた。あなたは、元利用者の住むマンションのインターフォン越しにその事実を告げられた。その足ですぐさま区役所まで走って階段を一気に駆け上がり、息を切らしながら福祉課の職員に詰め寄った。

「どろぼう！　わたしの仕事を返してよ！」

福祉課の職員はニキビだらけの若者で、ひょっとすると、あなたの息子と言っても通るかもしれない。その男がため息をひとつついて、

「誰もあなたの仕事なんて盗ってませんよ」

と応えた。

「あ、開き直った」

あなたはカウンターをこぶしで叩いた。ちょうど生活保護費の受給日に当たっていて、福祉課は混み合っていた。周りにいた人びとは、振り返ってあなたを見た。周囲の興味が集まると福祉課の職員は急に気弱になり、口の中でなにか呟くと、自分の机に取って返してパソコンのキーを叩きはじめる。差し出された伝票に目を通したあなたは、

「これだけでは生活出来ませんね」

とにべもなく突き返した。

「すぐに増やすのは無理ですよ。空きがないんです」

「新しい仕事をくれって言ってるんじゃない。わたしの仕事を返してって、言ってるの」

「もう別の人がやってます」

ひどい、ひどい。わたしの仕事を取り上げて、自分の愛人に渡した！　あなたは叫び出し、カウンターをまた叩いた。職員は青い顔のまま唇をまるめ、指を立てて、シィーッ、と息を吹いた。

「四月になればきっと増やしますから」

「嘘ばっかり」

「わたしは嘘をつくような人間ではありません」

「ほら、もう嘘ついた」

「大きな声を出さないでください。お願いします」

「仕事を返してくれないなら、もっと大声出してやる」

二時間経って、職員がカウンターから身を乗り出した。

「そこで、あなたは一体なにしてるんです？」職員があなたの頭上から尋ねた。あなたはカウンターに寄りかかり、ひざを抱えて座り込んでいた。

「そろそろ帰ったらどうです？」

「いやです」

「終業時間です」

「仕事を返してもらえるまで、ここを動きません」

あなたはまっすぐ前を見たまま、唇を引き結んだ。

「ストライキですか。いいですね」職員は軽い笑いをぱらぱら降らせた。それから、急にニュースでも読み上げるような口調になって、

「もう三十分経ってもそこにいるなら、警察を呼びますからね」

と念を押した。

区役所を出ると、突然空は暮れていた。夜道を歩きながら、明日からの旅行のことを考えた。あなたは親友の周子に会いに行く計画を立てていた。親友と言っても、最後に京都で会ってから二十年以上経つ。手紙のやり取りはぽつぽつと続いていて、前回の手紙に、たしか周子は「帰国しました、暇が出来たらぜひ一度、遊びに来てください」と書いてきた。

あなたは二十四時間営業のスーパーに寄って缶ビールと二割引きのドーナツを二箱買い、バスに乗った。自宅のある界隈は、陽が落ちると路上で寝起きする人びとが集まってくる。人影で混んだ道を歩き、眠りに投げ出された人の手首を避け、足元に散らばったガラス瓶のかけらをまたぐ。マンションの玄関に入ると中にも腰の曲がった老婆がひとりいて、寝支度を始めていた。自分の部屋にたどり着くと、パソコンを開いた。メールをチェックしながら菓子箱を開封し、あぶらのにじむ丸いドーナツを食べ、粉砂糖のついた指を舐める。青白い光に照らされるあなたの顔。冷蔵庫がぶうんと鳴る。

次の日、天気がいいので、駅まで歩いて行くことにした。私鉄をつなぐ地下道の片隅に、テーブル、居心地の良さそうなひじ掛椅子、シックな色合いのソファーが無造作に置いてある。床の質感だけで、ここからは道、ここからは喫茶店と分けていて、道の方はつるつるとして、そのまま切符売り場までまっすぐ滑ってゆけそうなのに対し、店の方の床は割木を並べて引っかかりを作り、人の足を止めさせて休息を誘う仕組みになっている。波打ち際のようにごく自然に椅子やソファーが集まっているのを見ると、誰だって足を止め、ふとほほを緩ませてしまうだろう。

「すいませーん、かけうどんひとつ！」

「シイィッ、ここはスタバ」

「やっぱりキツネにしてください」

「ここはスタバだって。頼むよ」

「えっ。それは、セルフサービスという意味？」

「違うけど――」

でっぷり太った女が、喫茶店のテーブルにくまのぬいぐるみを置いて会話を交わしている。会話に耳を傾けてみると、味わいが深い。長くストレスにさらされ、抑鬱状態にあった脳に変化が生じ、ある日、しゃべるはずのないくまのぬいぐるみがしゃべり出す。生き生きとした好奇心や、かつては次々咲かせてみせた社交性の花がふたたびひらく。自分の妄想と親しくつきあう。それは、いつかは裏切られると分かっている不実な恋人に我が身を捧げるのと同じことなのだろうか。あなたは歩き出し、考える。裏切られる前に、裏切ろう。あなたも、目に涙のにじむ苦いコーヒーを飲み、甘いケーキを食べて、くまのぬいぐるみと親しくしゃべりたい。恋愛の比喩を使うと、長くてこんがらがった問題もすぐに解決の糸口が見つかる。それは、あなたが恋愛体質だからだろうか。

新幹線の席に座るとすぐ、厚い窓にもたれて眠った。ワゴンサービスの気配で目を覚まし、熱いコーヒーを買い、紙カップに注いでもらって飲み、また眠る。冷房で体が冷たくなっていて、半分冷凍されてしまったようにいくらでも眠れる。まだまだ眠りたい。でも、後ろの座席の客が靴の先で、座席の下をコツコツ叩くので目を覚ましてしまう。

飛行機にすればよかったと、唇を噛むあなた。以前、仕事で福岡に飛んだことがある。電車を乗り継いで空港に着き、保安検査場を抜けると、目の前の掲示板に「搭乗口変更」と書いてあった。搭乗口六〇二番は地下にあった。薄暗いピロティからバスに乗って出発した。遮る建物のない、抜けるような青空の下をバスは進んだ。滑走路を横切って搭乗予定の旅客機まで向かう。旅客機までの運賃はタダ。滑走路は広大で、ごみひとつ、影ひとつ落ちてない。信号も、電信柱も、街路樹も、バス停も、番地もない、そんな町。じりっと太陽の照りつけるアスファルトの無人砂漠をバスは進む。飛行機に乗るつもりで来たのに、何故バスに?

――そんな不安を、実は今でも拭えずにいる。

名古屋駅からまた電車に乗り、目的の駅に着いたのは夕方になる少し前だった。高架線のホームを降りて改札の外に出ると、暖かく湿っぽい空気が体を包んだ。曇り空の下の町は、のっぺりとして見える。金属音が重く響いてくるのは、どこかに工場でもあるのだろうか。規則的な金属音で、重苦しく巨大な曇り空が、さらに大きくなる。そんなことを考えながらタクシーでレストランに行くと、店の前で、周子があなたを待っていた。

「久しぶり」

「本当にねえ」

周子はにっこり笑った。目じりの皮膚が柔らかく緩む部分に、過ぎた年月が貼りついている。周子は十八の時、父親の家を家出同然で飛び出した。その後、都会の専門学校に通い、そこであなたと知り合った。ウエイターに案内されて窓際の席に着くと、元家出娘の周子は、元気いっぱい、あなたに向かって、質問の矢を飛ばしてきた。

「仕事、どう？」

「ぼちぼち」

「結婚した？」

「してない」

「子どもはいる？」

「いない」

「この町、初めて？」

「うん」

「気に入った？」

「駅からすぐタクシーに乗ってここまで来たから分からない。道に、人の姿をまったく見なかった」

「そりゃそうよ。この辺りは、車社会だから。道を歩いている人なんて、いない」

「どうしてあなたがこの町を選んで住んでるのか、全然分からない」

わたしにも分からない、笑って応えて、周子は煙草に火を点けた。周子のいつかの年賀状に、

「とうとう田舎に引っ越しました。職業安定所に毎日通っています」と書いてあった。女も四十を過ぎると、先の見えない都会の単身生活をいつまでも続けていていいのかと、自問するようになるのかもしれない。将来の見通しに難しさを抱えるのは、どこに居ても同じ。でも東京や神奈川の人間に、田舎出身の自分は、行きたくもないパーティー券をどんどん売りつけられてしまう。そんな人間関係に疲れを覚える歳。

「一体、どこにひかれたの?」

「道に人が歩いていないところ」

「お父さんとはどうなの」

「父とは相変わらず」

「とは?」

「クズって呼ばれてます」

「まあ——」

「でも、言ったっけ? こんなわたしにも息子がいてさ」

周子は煙草を灰皿のふちに置くと、ハンドバッグの留め金を開け、中を探って写真を一枚取り出した。テーブルをすべらせて寄こした写真をあなたがのぞくと、首の細い顔の丸い男の子が、仔犬を抱いてほのぼのと微笑んでいた。

「息子の瞬点。今、九歳」

周子に息子がいるという驚きと、その子が誕生して九年にもなるという驚きで、あなたはくらくらっとした。そんな話は聞いていない。期待が自分の内側でしゅうっとしぼむのを感じた。

というのもあなたは今夜、周子と酒を酌み交わし、思うぞんぶんウチアガろうと思っていたのだ。「最近、まずいもの食ってないなあ」「よし、まずいものでも食いに行くか！」と誘い合い、会社員たちが夜の町に繰り出すのがウチアゲ会。新橋か新宿か神田の赤ちょうちんで、手をテーブルに叩きつけて、「やる気、やる気」と絶叫する。まずい酒にのどを鳴らし、まずいつまみに舌鼓を打って、日頃の他罰的な生き方を反省する。あなたもそんな会社員たちに倣って、今夜は周子と一緒にウチアガりたかった。

二人はチキンソテーを注文した。白い皿に載って料理が運ばれてくると、周子ははりきってナイフを取り上げ、きちきちきちと皿を鳴らしてチキンを切った。そんな癇性なところは、昔とちっとも変わらない。周子が話しはじめる。親の家で暮らした時間より、気ままな独り暮らしの時間の方がもう長い、そんな女が、見も知らぬ人をお腹に住まわせて、その人の生活リズムに合わせて生活をする。妊娠中、最初の数ヶ月は、初めて恋人と同棲するようなもので、本当に大変だった。しかも同棲と違って、ケンカをしても性愛という場外に持ち込んでごまかしたり、うやむやにしたりすることも出来ない。

数週間前、周子は電話で父にお金の無心をした。口座に振り込まれた八万はすべて、自分の携帯電話の、延滞料金を払うのに使った。父に使い道を報告すると、烈火のごとく怒った。

「父としては電話代なんていう、ふわふわして摑みどころのないものではなくて、別のものに使って欲しかったみたい。食費とか、家賃とか、服とか、なにか具体的なもの」

あなたはあいづちを打った。

「でも、父は間違ってる。母子家庭にとって、携帯電話がどれだけ大事なものか。携帯電話は、社会とわたしたちをつなぐ糸。父も、今でこそ会社経営者だけど、元々は炭鉱夫、同じ糸を辿って昇ってきたわけだから、本当は分かっているはずなんだけど――」周子はナイフを動かす手を止め、小さく首を振った。

「こんな小説があるよね。お釈迦様が蜘蛛の糸を垂らす。その糸を伝って、地獄に落とされた男が極楽浄土まで昇っていこうとする」

「携帯電話があれば、息子が学校で具合が悪くなった時にも、すぐに迎えに行けるでしょう？仕事の連絡が入ることもあるし。わたしたちが若い頃に遊びで使っていたPHSや、ポケベルとはぜんぜん違うんだけど」

ポケベル、と聞いてあなたは懐かしい。周子とあなたはカウンセラー入門という名の講義で出会った。内容は予想とは違い、先生が生徒を引率し、そのまま門の前で置き去りにするようないいかげんさだった。二人は授業の後でよく、「ぽけっと・べる」という名前の喫茶店に寄って愚痴をこぼしあった。この喫茶店も今では改装され、名前も店主の懐古趣味から「でんしょ・ばと」に変わっているらしい。

周子はため息をついた。「父の考えはわかってる。わたしに恋人がいて、その恋人と連絡を取るために、子どもよりも携帯電話の料金を優先したんじゃないかって、疑ってるの」

噛みごたえのある会話をしていると、あごに疲れを覚える。あなたはここを切り上げて、早く予約したホテルに行きたくなった。周子は自分の家に泊まるようにと誘ってくれたが、あなたは自分でもよくわからない、説明しにくいある予感から断っていた。ホテルの部屋で、浅い洋式浴槽に湯を溜めて、肩まで湯につかりたい。肩までと言わず、ずるずると体を伸ばして滑っていって、鼻の先まで湯に沈めたい。

周子は自分の恋人の話をしている。やっぱり恋人はいるらしい。歯並びがきれいなスポーツ愛好者に、ひとめぼれ。いつも情熱の炎が赤々と燃えている。一緒にいると、体の隅々まで温もりが行きわたるような心地がする。恋人に対する「あたたかい」という比喩を、最上級の褒め言葉であるように大切に口にするので、ついつい微笑んでしまう。

「あなた、北の方の出身だから」

話を聞いているうちに、小柄な周子の姿が浮かんでくる。大きくて丈夫な恋人の上に鍋をかけてシチューを煮込んだり、前に座り込んでただただぼうっと炎の揺らめきを見つめたり、燃えさかる火の中にアルミホイルでくるんだイモを放り投げたり。

「いいね」そんなことを言ってみると、周子の顔がぱっと明るくなる。上半身を乗り出し、指を揃えて合掌した。

「これから、彼の住んでいるところに行くの。そこでお願い。しばらく、息子の面倒を見てもらえないかしら」

「え、そんなこと」あなたは紅茶の茶碗から口を離した。とっさに身をよじり、テーブルの下をのぞく。パンプスを履いた周子の足元に、本気のスーツケースが控えていた。

「駄目、駄目。久しぶりに会った友達に自分の息子を預けるなんて、ちょっと非常識すぎない？」

あなたは慌てて手を振った。

周子は肩をすくめた。

「だってあなた、市民カウンセラーでしょ」

「失職してるし」

「ちょうどいい」

「わたし、子育て、したことないし」

「実はこの後、彼と待ち合わせをしているの。これまで二回も約束したけど、わたしはいつも破ってばかり」

「約束なんて、三回目くらいに果たせばいいの」

最初から子どもの世話をさせるために、わたしをここに呼んだのだろうかと、あなたは疑った。父親との確執も、嘘かもしれない。横恋慕していた恋がついに実った周子は、息子への愛情と養育の義務、恋人への欲望と自由に生きたいという望みの相克に悩み、娘時代は反抗期も経験したが今では一卵性双生児と呼ばれるくらいに仲のいい父親に相談する。父親はしばらく考えてからぽんとひざを打ち、子守りをやとったらどうだ、ちょっとは援助するぞ、と言う。でもね、お父さん、子守りと聞いたら最近の若い人はしり込みするわよ。そう簡単に見つかるかしら。まあな。そうだ、瑠美さんに頼んでみたらどうだ。あの人は真面目だし、責任感もある。と、そんな場面が、あなたの脳裏にありありと浮かぶ。

「子どもの父親は？」

「知らない」

「知らないって、なに」

「だから、知らない」

「居場所くらいわかるでしょ。生物学上の父親に預ければ？」

「この間、昼間めずらしくひとりだったから、近所の店で美味しい、こってりしたモンブラン買って、コーヒーを淹れて、マグカップが見当たらなかったから湯呑にコーヒーを注いで、さあ、食べるぞ、って思った瞬間、触ってもない湯呑が自然に割れた。その時に分かったの。「あ、あの人、今、死んだ」って」周子は遠い目をした。

「だってここは車社会なのに、わたしは車の免許も持ってないし」

「なにそれ、それでも捨て台詞のつもり？」

周子は黙っていても他人の手によってドアが開かれ、空のグラスはすぐにワインで満たされ、カバンは人が運んでくれる、そんな生活を送ってきたのかもしれない。だからこんなずうずうしい依頼も平気なのだろうが、そんな自惚れには、つきあいきれない。あなたは自分のカバンは自分で持つし、ノックしたドアはたいてい鍵がかかっていたし、ワインを飲むと頭痛がするたちだった。

「そうよ、わたし、もう帰る」

拒否しなければ同意したと見なされる。切迫感があなたを駆り立てた。リングに投げ込む白タオルの代わりにひざに広げていたナプキンをテーブルの上に放り投げる。ナプキンは空中でぱっと広がる。

踵を返そうとしたそのとき、食後のコーヒーが運ばれてきて、店を出るタイミングを失った。

あなたは結局、周子の頼みを引き受けた。周子はタクシーで駅へ去り、あなたはカバンを提げて、教えられた住所を頼りにアパートまで歩いた。階段を昇り、二階の奥の部屋のチャイムを鳴らすと、一時間前にレストランで見た写真そっくりの子どもがドアを細く開けた。

「ええと、ママから聞いてると思うんだけど……」

なんと言っていいのかわからない。子どもは長いまつげをしばたたくと、

「じゃあ、あなたが瑠美さんですか」

と平らに言う。あなたは慌てて自分の名前を素早くひったくる。

「それ、わたしの名前です」

仕事も盗まれて、周子に時間も盗られて、この上名前まで盗られたらかなわない。子どもは小さくてすばしこいから、気を許すとふところに入れた大事なものをスられてしまう。そんな警戒心が、あなたにはある。

あなたの小心さ、焦りを見抜き、少年は、くくっとのどで笑った。

「ママから聞いてますよ、瑠美さんというお友達が今日来るって。どうぞ上がってください」

親子が暮らすアパートの部屋は小さかった。すぐ右手に流しとガスレンジがある。テーブルと

椅子もある。奥の部屋はふすまでしめきられている。テーブルの上は散らかっていた。ウェットティッシュの筒、学童用ノート、鉛筆、汚れた食器、誰かの抜け落ちた乳歯。「これ、あなたの歯？」

「床にカバンを下ろして、楽にしててください。お茶を淹れますね。母は今日、準夜勤なんです。帰ってきたら、今夜泊まるところを相談するといいですよ」

瞬点はやかんに水道の水を入れてレンジに置き、ガスのつまみをひねった。

あなたはカバンを床に置いた。

あなたは今夜泊まるところのない旅行者と間違われていた。

「わたし、あなたのママに、あなたの世話を頼まれたんだけど。ママは、しばらく帰ってこないと思うんだけど……」

訂正すると、振り向いた子どもの顔の真ん中から哀しみが飛び出して、あなたは思わずのけぞった。ふすまの向こうから別の子どもの泣き声が聞こえてくる。瞬点は飛び上がって飛んで行き、大きな赤ん坊を抱えて戻った。

「あ、ダマされた」

思わずあなたは赤ん坊を指さした。

「世話をするのは息子がひとりと聞いていたのに、赤ちゃんがいる」

「指ささないでください」瞬点は赤ん坊の頭をなでた。「この子、赤ちゃんじゃありません。もうすぐ四歳ですから」

あなたはほほが引きつるのを感じた。四歳児の分は頼まれていない。四歳児は一体、なにを食べるのか。いつ眠るのか。言葉は通じるのか。四歳児の喜び、怒り、哀しみ、なにも知らない。あなたは速やかに、この四歳児の存在を頭から消すことにする。

その夜は台所の隣の部屋に布団を敷いて、子どもに左右から挟まれて眠った。他人の家庭の中に、急に飛び込んでしまった。それも、子守りの仕事で。「守る」という字があなたにプレッシャーを与える。今夜は不安で眠れそうにない。枕元の目覚ましの針には、暗がりでも時間がわかるように、蛍光塗料が塗ってある。見慣れぬ色が夜の九時を指すのを見ていたと思ったら、次の瞬間、針は朝の八時を指していた。窓にかかったカーテンの向こうは暗く、雨音が聞こえる。しめきったふすまの向こうにある台所から布団の上に、冷たい光が射している。

台所に行くと、瞬点が、椅子の上にひざ立ちになってシリアルの大箱を傾け、中身をさらさら皿にあけていた。その上に、こぷりと牛乳をこぼす。スプーンを突き刺して、シリアルをざくざく鳴らす。洋食は賑やかだから、会話のない冷めきった夫婦は、洋食を取るようにするといいね。シリアルを食べ終えた瞬点が立ち上がり、財布をズボンの後ろポケットにねじ込んで出て行こうとするので、

「どこ行くの」あなたは慌てて尋ねた。

「学校です」

カーテンを開けるとあんのじょう外は土砂降りだった。あなたは洗面所へ行く。はみだしの多

い、寝ぼけたねじれ顔を鏡で見るといやになる。後で化粧で整頓しよう。瓶に入ったインスタントコーヒーを見つけた。牛乳を沸かして、コーヒーの粉を溶かして飲む。冷蔵庫にバターとパンを見つけて、勝手に焼いて塗って食べる。キツネ色の薄いパンは、すぐ口の中で粉々になる。食べながらあなたは考える。子どもが財布を持つなんて生意気だ。

あなたはしみじみとコーヒーをすすった。午後になって雨が小降りになったので、近所を探索してみることにした。赤い傘を差して住宅街を歩いたが、人の姿は見かけなかった。車社会のせいだろうと思う。曇り空を映す暗い窓ガラスに、雨に濡れ黒ずんだ電柱に、迷いねこの張り紙がしてあるのがやけに目につく。これもやはり、車社会のせいなのか。どの家も同じようにブロックの塀があり、家の前に車寄せがあり、小さな植え込みがしてある。二階の窓辺に置いた西洋人形が不審げに、見慣れぬあなたを見下ろしている。住宅が途切れると急に視界が広がり、川にかかる橋に出た。川の水は濁って、流れが速い。

雨は上がったが、まだ曇っていた。空一面にかかる雲は、ピンクがかった妙な色をしている。その彼方から、ごうっと低い音がする。橋を渡ると商店街だ。電気屋、布団屋、パン屋、中華料理屋、謎屋、米屋。比較的最近作られたのだろうか。どの店も歴史の厚みや味わいが少ない。誰かの頭の中だけにある空想の町、夢の町、そんな町を取り出してみました。中華料理屋の店先にかかった赤い暖簾も、まだ新しい。

駅の反対側に行くと、スーパーがあった。平屋建ての窓のない建物で、アスファルトの駐車場が広い。鼻母音ばっかり、みたいな三文字名前で、名前ひとつとっても地方色が出ていると言えなくもない。薄暗い店内は、冷房をきつく効かせていた。揚げ油の匂いのする冷えた空気におしつつまれて回遊するうち、鳥肌立ってくる。野菜は安くもなく、かといって鮮度がいいわけでもない。半分溶けたオクラ、乾いて黒い斑点の浮いたにんじん、青黒く腐った解凍肉のパック。

ここで、財布を家に忘れてきたことに気がついた。

家に帰ると瞬点がテーブルの上に置きっぱなしにしたあなたのがま口を手に持っていた。それを見て、耳タブがカッと熱く燃えた。声になる前の言葉は荒々しく背骨を駆け上がって、

「なにしてるの！」

という叫びになる。でも瞬点は平温を保ったまま、

「車の免許、ないんですか？」

と切り返した。

勝手に人の財布をのぞいたくせに。金を盗ろうとしたくせに。言葉は、怒りの回り灯籠となって頭の中でぐるぐる回る。けれども瞬点は、そんなあなたの怒りに気がつかないふりをして、

「結婚、してるんでしたっけ？」

と、さらにとぼけた。

それとこれとは、一体、どういう関係があるのか。瞬点は腕を組み、うーん、夫もないけど、車の免許もないっていうのはなあと、天を仰いでいる。その様子は憎たらしく、まるで、夫も免許もないものは、生きていても意味がないと言われたかのよう。あなたはプロらしく、抑制の凄

味をカッと利かせた低い声で、

「結婚をしてなくても、免許がなくても、都会では公共交通機関が発達しているから、ひとりで生きていける」

と言った。

「ここにずっと住むなら、免許は必要ですよ」

「わたしとしては、四歳のうばぐるまが、今すぐ必要なんですけど」

「それならあります。もう大きくなったから、最近は使ってませんでした。あの子を乗せるんですか？」

「うん」

「いま出してあげる」


子どもと触れ合う機会がこれまでほとんどなかったあなただが、最近の子どもたちがかなりケチだということは、小学校教諭の友人から聞いて知っていた。彼女によれば、子どもたちは言葉や表情を倹約して、感情も表に出さずしまい込んでいるので、いざ使おうと思った時にはかび臭くなっていて、使い物にならないそうだ。瞬点を見ていると、ああ、その通りだとひざを打ちたくなる。感情に波風立てず、白い顔は、白けてなお白い。吊り上がった細い目は、生気が抜けきっている。

その瞬点が四歳の手を引いて、なにやらがっかりした様子でトイレから出てきた。

「明日、プルーン買ってきてくれませんか？」

「えっ、いいけど……」

「この子、便秘なんです」

あなたは、頭の中で、瞬点の言葉を勝手に続けた。野菜や果物は値段が高いんです。だから僕たちは生まれてからずっと、缶詰ばっかり食べているんです。ゲキヤス缶ばかり食べて、新鮮な野菜を口にする機会がないと、便秘になってしまう。僕たちが普段食べるのは、地元の浜で水揚げされた魚ではなく遠洋漁業でとってきた缶詰魚です。地元でとれた野菜や果物ではなく、カリフォルニアのグレープフルーツです。普段飲むのも、伝統的な緑茶ではなくて、コカコーラばっかりなんです……。

ではここは第三世界なのですね、とあなたは返事をする。


瞬点の母親である周子は、仕事や大人のつき合いでしばしば家を空けがちだった。でもそんな不在の時にも、部屋の中には周子の曲が鳴り響いている。映画ではシーンによって、軽快な曲、艶っぽい曲、濡れた曲など流す。人物によってテーマ曲が決まっている場合もある。周子も、自分の曲を自在に流す。周子は魔女だったのかもしれない。それはバロック音楽風なのか、パンクなのか、ブギウギなのか、演歌なのか、カンツォーネなのか。曲が聞こえている間はたとえ姿が見えなくても、守られているから安心だ。

パジャマを脱いで、ジーンズを穿き、靴下を穿き、Tシャツを被って、綿カーディガンにそでを通す。そこで、四歳を抱いたあなたが顔を出した。

「スナップボタンが好きなんて、子どもの証拠ね」

瞬点は、カーディガンのボタンを留める手をはたと止めた。スナップボタンだけでなく、フレンチスリーブとセーラーカラーも好き。でも、そんなことを言えばあなたは、「それは女の子の服でしょう」と意地悪く笑うかもしれない。それなら自分は「西洋の貴族は、男の子どもに女装させたそうですね」と言い返そう。

「オトコの服は、単調でつまらないんだよ」

「そんなら、首にスカーフ巻いてリズムつければ？」

瞬点は洗面所の鏡の前で、顔と手の甲と首に、丁寧に日焼け止めを塗る。確かに世間では、日焼けや日焼けによるシミやソバカスは人生を謳歌したあかしとなっている。けれども未来のない子どもたちにとって、そんなあかしは無用。レバー色にこんがり焼けて、濃厚なシチューに煮込まれて、癌という名の怪物に食べられてしまうのはごめん。学校へ行く途中、荒廃した心にまかせて雨上がりの公園に寄った。ポケットにはスプレー缶がねじ込んである。なにか途方もなく挑発的な言葉を吐きたくなって、公衆便所の灰色の壁を見つめた。実感としては、未来が横領されているという状態。自分の行動、なにを食べるか、どこに住むか、そんな選択を楽しみながら選ぶことも出来なくなってしまった。人生の迷い道やくねくね道を面白がることも出来ず、リスクを見極めた上で、自分のふるまいや行動を慎重に決定しなくてはならない。

「そういえば、こんなうわさ聞いたな。ピアスの穴を耳に開けると、たまに穴から白い糸が出てくることがあって、その糸を引くと、パチンと音がして失明するの」

「体は糸の束で出来ているそうですね。織り合わされた糸の束が緩むのが老化。糸に弾力がなくなって、固くなります」

子どもとの会話は、どんなことでも話題にしながら、なにも話していないのと同じ。なにかの拍子にひとりきりになると、それがたった五分であっても、あなたは、これまで一度も感じたことのないような静けさを感じる。午後から蒸し暑くなったので、四歳と床に座り込んで冷やし中華を食べた。二時になると、緑と赤に着色されたスイカ味の氷菓子を食べた。それから四歳を裸にし、お風呂に入れて遊ばせた。あなたが風呂のふちからのぞき、手でぬるま湯をかけると、四歳は、きゃっきゃっと笑って喜んだ。

ひとしきり遊び、ぬるま湯につかった四歳は、お風呂から出ると疲れて眠ってしまった。こんな風にして自分だけの時間を捻出するのは、少し後ろめたい。四歳が眠ってしまうと、あなたは自分だけのために、ポットに熱い紅茶をたっぷり淹れた。午前中スーパーで買って、隠しておいたお菓子をここぞこそ取り出す。お菓子は細長い箱に入っていて、丸いカステラ生地が二つ合わさり、間にはアンズの味の甘いジャムが挟んである。このお菓子を見た途端、懐かしさについ手が伸び、買ってしまった。初めて見るお菓子なのに、五十年も前からあるような顔をしている。ひとくち齧ると、歯に、甘いジャムがうっすらまとわりつく。それを香り高い紅茶で洗い流す。ふたたび雨が降り出したのか、表の道路からは、車のタイヤがアスファルトを流れる水を切って走る音がする。東京で市民カウンセラーをしていたはずの自分がどうしてこんな田舎町に暮らしているのか。お菓子を齧り、紅茶を飲みながらぼんやりしていると、仕事用の携帯電話が鳴った。

瞬点が万引きをした。巡回していた警備員に襟首を摑まれ、従業員用ロッカーの並ぶ窓のない小部屋に連れて行かれた。制服は征服力、椅子に座らされた瞬点に、女警備員が毛深い腕を組んで低く尋ねた。

「警察か、家族か、どっちがいい？」

瞬点が思わず「け」と言うと、すばやく遮った声が、

「家族にしな。警察は、後々面倒だから、家族にしな」

と言った。その口調が案外親身なのは、女もかつては万引き常習犯だったせいか。盗品を売りさばいて金品を得、生活費の足しにしていたが、ある日下手を打ち捕まって警察に突き出された。今ではすっかり更生し、かつての経験を生かして万引き犯を捕まえる側、警備員の職についている。そんな風に理解した瞬点は、素直にうなずいた。

携帯電話に連絡を受けたあなたが店に到着した。子どもはこれまでも、スーパーに来た時はなにかしら盗んできたらしい。「今日は何も欲しいものはない」そう思っても、むきになって、たいして欲しくもないものを盗んでしまう。今日もそんな日で、欲しくはなかったが、とりあえず文房具棚からペーパークリップとのりを盗んだ。衛生用品棚から石鹸とコンドームを盗んだ。乾物棚からはベーキングパウダーを失敬し、乳製品棚の前でヨーグルトのパックを手に取って思案した。そこで、いきなり後ろから襟首を摑まれた。

「お母さんからも、なにか言ってください」

あなたはびくっと顔を上げた。

「あのう、それは、仕事としてでしょうか。それとも純粋に、友情としてでしょうか」

警備員は口をゆがめた。「奥さん、なに言ってんのよ?」

カウンセラーの資格を取ろうと専門学校に通っていた頃、講師が後ろ手で黒板を叩き、「市民カウンセラーを目指そうなんて思う奴は、お人よしばっかりだ!」と怒鳴ったことがあった。「お人よし」のくだりで、居並ぶ生徒たちは、湿った笑いの煙をぷすぷすとくすぶらせる。教室の机の上に置き忘れたあなたの手帳、広げると、あなたの字で、「無償労働禁止」と書いてある。周子に見つかって笑われたのが、つい昨日のことのよう。笑われてもあなたはくじけず、書きつけたその日以来、手帳に書いたスローガンを守ってきた。

「無償労働はしないと決めています」

「あなた、この子の母親でしょ」

「カウンセラーです」

「旦那さん、今日は仕事?」

「夫はいません」

「あっそう。女手ひとつってわけね」

あなたはなんと応えていいか分からない。

「いえ、必ずしもそういうわけでは——」

「連絡くらい取れるんでしょう？」

興奮した瞬点が、足をどんどん踏み鳴らした。

「じゃあ、この子は、私生児ってわけ」警備員は話をまとめた。

「失業も不倫も中絶も経験しましたけど、あたし、離婚はまだ経験したことないんです」あなたは少し声を大きくした。「あなたこそ、なんなんですか。人に質問ばかりして」

「あたし？」女警備員はうなじで髪をまとめていたくしを抜き放ち、さっと頭をひと振りした。艶めく黒髪が流れ出す。小首をかしげ、小指でくちびるに触って、嫣然《えんぜん》と微笑む。

「あたしは、アマチュア劇団の看板女優」

その小指の爪に、真っ赤なマニキュアが塗られているのに気がついて、思わず息を飲む。


雨は降っていたが、子どもは傘を持っていなかったので、自分の傘に入れてやった。瞬点は泣いていた。万引きで捕まったことが、こたえているのだろうか。気落ちしているのだろうか。ゆきずりでもいいから愛が欲しいのだろうか。昔、そんな歌が流行ったことがあった。もしかしたら瞬点も、ゆきずりでもいいから保護者が欲しいと、切実に感じているのかもしれない。

あなたは、傘をもう少し差し掛けてやった。自分が瞬点の母親代わりになってやってもいい。なってやってもいいが、子どもを育てるのは大変で、失敗すれば、世間から後ろ指をさされるだろう。ねこの手も借りたいと思い、ねこを飼ってみれば、子どもはねこアレルギーになってくしゃみばかりしているのだ。

「俺、車が欲しいよ」瞬点が涙声でぼそっと呟いた。

「ああ、いいわね」あなたは上の空で応えた。「でも、車は万引き出来ないわよ」

いよいよ雨は強くなり、行く手に広がる住宅街が白くけぶった。

自動車爆弾なら標的までの道のりを運転していけるから便利だし、偽装も簡単だし、盗難車を使えばアシもつかないし、その上、マスコミも無視出来ない。あなたのあずかり知らぬところで、瞬点は、そんなことを考えていたのかもしれない。


パソコンの画面の中で、巨大な人面機関車は灰色のお月様の顔をしかめながら、山野をくねくね這い進む。煙突から、怒りにまかせて煙を吐き出し、警笛を鳴らす。

ひとつのアニメが終わると、動画サイトはあなたのまだ見ていない、好きそうなアニメが他にもありますよ、と誘惑し、いくつか候補を並べてみせる。でも四歳が見たいのはアニメではない。どこかの国の、無人の居間の風景だ。素人カメラがぐっとよると、薄汚れた絨毯の上におもちゃのレールが敷かれ、その上を、あの人面機関車のミニチュアが走ってゆくのが見える。素人カメラはピントが甘い。構図が悪い。ぐらぐら揺れるので、少し酔ってしまう。

ひざの上の四歳がぐずりはじめた。閉ざした耳に声が侵入し、草の種のようにぷつぷつ弾けてあなたを困惑させる。意識から締め出しているのでどういう子どもなのかはわからないが、あなたは徐々に、四歳に親しみを感じはじめている自分に気がつく。

（ま、ま……）

とにかく、あまりそのテの質問には応えたくない。例えば、「ママはどこ？」と訊かれてもわからないし、「ママはいつ戻る？」と訊かれてもわからない。「なぜ出てったの？」と訊かれれば、これは応えられる。けれども、自分の口からは応えたくない。

（ま、ま、ま、ま……）

あなたは会計をすませて国道沿いにあるインターネットカフェを出た。生暖かい車の排気ガスを浴びながら、うばぐるまを押して家に帰る。

「アニメ見せたら、どこかの家の居間の映像を見る方がいいって」

「この子は、ものすごく頭がいいんだ。そういうのを見て、頭の中でいろいろ想像をするのが好きなんだよ」

声明を出さず、黙って実行し、なおかつ民衆に理解されることは可能だろうか。闘争という特別な言語に習熟した仲間なら、すぐにこのメッセージを理解してくれるはず。でも現実には、すべての民衆が、その言語に習熟しているわけではない。だから今日も瞬点は、声明案を練るために、テーブルにノートを広げている。まだノートは白紙。なにも書かれていないページを見つめていると、どこからかため息が聞こえてくる。行列を作って並ぶのはいつも貧乏人ばかり。金持ちはいつでも先頭に割り込めるか、そもそも並ばなくてもいいようになっている。ノートの罫線が憎い。罫線に字を並ばせようとするのは誰だ？

家の中で悩んでいても、ちっとも筆が進まない。ひとつ外に出てみよう。瞬点が靴を履いていると、妙に勘のいいあなたが「どこ行くの？　もうすぐ夕食だけど」とすかさず声をかける。

瞬点の細い肩が、ぎくりと上がる。

「フランスじゃ、親に黙って家出してジハードに参加しようとする子どもが大勢いて、こないだ、政府が、親のための相談窓口を開いたっていうけど」

そんなことまで言うので、のどは締めつけられ、胸はどきどきと鳴る。気づかれたのか。アパートの錆びた外階段を下りたところで、肩にずっしり手がかかり、またまた飛び上がりそうになる。シャツの薄い布地を通して感じる手は、ぼってりとして、熱い。振り返ると、このアパートの大家のおばさんだ。

「最近、お母さん見かけないね」

瞬点は相手の太い足首をじっと見つめた。

おばさんはスカートの裾からのぞく裸のふくらはぎをぴしゃっぴしゃっと二回叩いた。

「代わりに、お母さんじゃない女の人がいるでしょ」

瞬点は応えに詰まった。嘘は最初の一言が肝心。上手く言えれば続きが、口から万国旗の連なりのようにするすると出てくる。後はそのまま、流れに乗ってやっていけばいい。

「叔母なんです」

「あっそう」

「母がしばらく仕事で家を空けるので、代わりに叔母が来て、僕たちの面倒を見てくれているんです」

「じゃ、この封筒、お母さんが帰って来たら、渡してちょうだい」

おばさんの姿が見えなくなってから、瞬点は封を破って中を確かめた。

アパート更新料のお知らせである。


朝、瞬点に、「アパートの更新料出してください」と言われた。

「それが人にものを頼む態度なの？」

「わかりません」

「別にいいのよ、いくら？」

瞬点が、黙って封筒を差し出す。

「え、こんなに？」

いよいよ家に帰る時だ。家に一日じゅういて、家のことにかまけていると、目に見えない時間泥棒が目に見えない時間を盗んで、すぐに夕方がくる。使用済みのお皿や使用済みのお茶碗が次々と現れて、すべてを洗い終わることは永久にない。水蒸気でタービンを回して電気を発生させるように、家族生活も、あなたの人生を犠牲にしてぐるぐる回り、前へ進んでいくものかもしれない。

スーパーの棚を見ながら、そんなことを考えていると、

（ねこ、ねこ、ねこ）

下の方から、不気味な幼児語が聞こえてきた。

（ねこ、ねこ、ねこ、ねこ……）

四歳はスーパーの床にしゃがんで、しくしく泣き始めた。なんてこった。あなたは舌打ちした。周りのお客がこちらを見ている。これでは、他人の子を誘拐してきたと思われてもしかたがない。

「猫、猫が欲しいの？　子どもが三人もいて、おかあさんはこれ以上猫の世話まで出来ませんよ」

あなたは四歳をうばぐるまに乗せ、向きを乱暴に変えると、大急ぎで売り場を離れた。

「まあ、あんな大きな子を、ベビーカーに乗せて」

道行く人びとの驚きの声も、耳に入らない。

（ねこ、ねこ、ねこ……）

郵便局のＡＴＭで金を下ろし、それから荒物屋に立ち寄った。荒物屋では瞬点に頼まれた除草剤を買う。庭もないのに、この除草剤をなにに使うのか。頭の中に生える雑草は、除草剤で消せないのに。

あなたは歩きながら、うばぐるまに乗った四歳に話しかける。「わたしも動物が好きなの。動物のとがった口吻《こうふん》が好きだし、先の割れたひづめが好き。四本足が好き」

「動物好きに悪人はいないというから、一念発起して、必死で動物好きになったの」

「欲しいものがあるなら、欲しいものの真似をしてごらんなさい。ねこが欲しいなら、ねこの真似をしてごらんなさい。にゃあ、と鳴いてごらんなさい」

瞬点は、奥の部屋で爆薬を調合している。手をよく洗って乾かして、厚手のどんぶりに除草剤を入れて混ぜ合わせる。火気厳禁。畳の上にはビニールシートを敷いた。外から見えないように、カーテンはしめきっていた。緊張とこもった部屋の暑さから、瞬点の鼻の頭に汗の粒が浮かんだ。頭がぼうっとして、集中が難しい。

その頃あなたはというと、椅子に腰かけて、おままごとをする四歳をぼんやり眺めていた。四歳は、台所の床にピクニックシートを広げ、プラスチック茶碗にちぎったオオバコの葉を入れ、空想の米麺を入れ、空想のレモンをしぼった。アルミのフォークで頭の中にある熱々のフォーをすくい、吹き冷まし、ひざに乗せたぬいぐるみにひとくちずつ食べさせている。

(あーん……)

「おままごとをする子どもは、皆、ひねこびた老人の顔をしているな」そんなえらそうな台詞を吐きながら、瞬点が台所に来た。テーブルに両ひじをついたあなたは、横目でちらっと見る。

「それってなんかからの引用?」

「オリジナルです」

あなたは気のないあいづちを打った。

「奥の部屋、もう入ってもいいですよ」

「じゃあ洗濯もの取り込もっかな」

「もう三日も干しっぱなしですものね」瞬点は同意した。「ところで、東京では、なんのお仕事されてたんでしたっけ？」

「市民カウンセラー」

「市民カウンセラーって、ええっと、人に会って話を聞いて、そして……」


あなたは市民カウンセラーとして、事件の犯人を担当したことがあった。

秋雨の降るある日、指定された地下街の喫茶店に少し遅れて行くと、利用者はすでに来ていて、ほほの肉をへこませ、アイスコーヒーをストローで勢いよく吸い上げていた。

あなたの姿を認め、律儀に立ち上がった相手は、レスラーのように大きい。筋肉質の裸の腕がのぞいている。半そでで、寒くはないのか。男は紙ナプキンを一枚、銀色のナプキン立てから引き抜いて、首筋の汗を押さえた。頭もミノタウロスのように大きくて立派。引っかいたような古い傷痕が、左右の手首に何本も走っている。そんな利用者の様子を見て、

「あ、テディベアではなくて、本物のくまだった」

と、あなたは額を、羽で軽く打たれた気がした。というのも利用者は前任者のカルテで「くまさん」と呼ばれていて、勝手に、穏やかでつぶらな瞳、柔らかな脂肪に包まれた丸っこい体を想像していたから。くまさんはあなたに手を差し出し、「外国育ちですか」とあなたは訊いた。

「いいえ」

「わたしたちはあいさつをする時、互いの体に触れる習慣をもちません」

「外来しぐさを禁止する運動には反対しています」

カルテによると、くまさんは若い頃、指名手配になって、五年間、地下に潜った後で捕まり、十七年間の刑期をつとめた。

「先生、飲み物は?」くまさんがテーブルに乗り出した。

あなたが「ブレンド、ホットで」と言い終わるか言い終わらないかのうちに、くまさんはがばりと立ち上がり、たくましい腕を振りあげ店の奥に控えているウエイトレスに合図を送った。

可愛がっていた弟の死を、思いもよらぬ方法で知ったくまさん。自暴自棄になり、なにも信じられなくなって、同棲していた恋人のくま美を殴ってしまった。

ここまで聞いて、「DVか、嫌だな」と思ったが、そしらぬ顔をし、腹のなかにしまっておいた。表面にうっすら豆の油の浮いた旨いコーヒーを見ても、畳んだ傘を小脇に抱えた地下街を行く人を見ても、造花の黄色いバラが一本生けてあるテーブルの一輪挿しを見ても、なにをしていてもくまさんのすがるような、むさぼるような目が吸いついてくる。

くまさんが緊急入院させられた病院の入り口には大きな招きねこが三匹も居て、一匹は左手を挙げて客を招き寄せ、後の二匹は右手を挙げて金を招き寄せていた。これだけでもろくでもない病院だとわかるが、内情は、想像にも増してひどかった。狭い部屋に定員の倍近くの患者が押し込まれ、患者同士、夜な夜な注射を打ちあうようなところだった。こんなところにいつまでもいたら殺される。そう思ったくまさんは、監視人の目を盗んで逃げ出す計画を立て、実行した。

半年後、くまさんは関西で日雇いの仕事をしていた。なにもかもうまくいっていたのに、運悪く、途中で悪い男にだまされた。でも、だまされた、と思った時にはもう遅い。薬をかがされ、トラックにのせられ、気がつくと北関東の巨大なショッピングモールの中にいた。

ショッピングモールという場所は、二十四時間、昼も夜もなく、昨日と今日と明日の区別もない。くまさんは、おもちゃ売り場の棚に並んで、来る日も来る日も自分を買ってくれる人を待ち続けた。ある時間内にお金と交換されねばならぬ、それが彼に、どれほどの緊張と苦しみを強いたか。やがてまぶしい照明の下で心は漂白され、なにも考えられなくなってしまった……。

と、あなたは瞬点を前に語った。


生き別れの父親が来ても、周子の育児放棄の実態を突き止めたケースワーカーが来ても、瞬点が驚くことはなかっただろう。けれども、警察は別。のぞき穴から外をのぞくとスーツ姿の男が見えた。ドアはチェーンをかけたままにし、完全には開錠しない。開錠したが最後、外から開き、まず脚が差し込まれ、それから警察手帳がふところからさっと出るに決まっている。

「やあ」

「なんだよ、また来たのか」

震えを押し隠して瞬点は強気に応じ、老年のとば口に差しかかった男はドアの前で、感心したようにあごをなでた。「小さくても生意気なんだなあ」

「僕、なにもしてないよ」

男はそれ以上話を掘り下げるでもなく、いくらか声を大きくして、

「お母さんは?」

と尋ねた。

「うるさいなあ」言いながら、瞬点は目に涙がにじんでくるのを感じた。

男は腕を組み、いくらか優しい声を出した。「もしよかったら、いくつか質問をさせてくれないか」

「ばか」すぐさま瞬点は言った。

「大人に向かってばかとはなんだ」男は叱った。

「ばかにばかと言ってなにが悪い」

男は苦笑した。

「もう帰れよ」

「帰るよ」

「帰れ帰れ」

それでも、男はすぐに立ち去ろうとはせず、親指の爪で眉毛をごしごし掻いていた。警察というものは周到に考え抜いたうえで行動をとるものと決まっているのだから、眉ひとつ掻くにしても、無駄はない。警察の訪問はいつも、しかるべく定められた未来の予兆なのか。ドアに内側から張り付いて、なにか手を打たねば、と瞬点は考えた。


ベランダの窓を通して見る空は雲に覆われていた。辺りは薄暗い。電灯の下で朝食を取った後、ねーえ、と人懐こく、たくみにたくらみを隠し、瞬点がねこのように体を寄せてきた。

「お願いがあるんですけど……」

あなたは手のひらをかえして、拒絶のジェスチャーをした。

「お金の無心なら、これ以上はお断り。食料と石油の価格は、危険なほど上がり続けています」

「違います」

瞬点はせんべい缶を取り出した。これを駅前のごみ箱に捨ててきてください。

あなたは、このせんべいを以前、食べたことがあるので知っていた。手に取ると、缶はずっしりと重い。重いというのは、ぱりぱりした卵色の、薄い、クマ親父せんべいよりも重いということ。

「これ、なに？」

「せんべい」

「違うでしょ」

「だめだめ、缶を振らないで」

瞬点は、缶の中身は大事なものだと言い切った。その口調に、あなたは、命は地球よりも重い、と言った政治家がいたことを思い出した。

「重いから大事ってことないでしょ」

「僕は残念ですが、マークされていて身動きが取れません。代わりに瑠美さんお願いします。缶を捨てるのは駅前の××公園のごみ箱。家に置いておくと、家宅捜索があった時、証拠として押収されてしまいますから。捨てたら、ぐずぐずしないで、すぐに公園を出て、そのまままっすぐ家に帰ってくること」

瞬点は言いながら微笑みを浮かべた。

「なんのゲーム？」

「ゲームではありません」

「四歳を連れて行くのは何故？」

「子どもがいると怪しまれないから」

「この缶の中身はなに？」

「それは秘密」

瞬点が登校してしまうと、まるでおじいさんのように背中を掻いてくれと四歳が寄って来た。

襟口から手を入れて四歳の背中を掻いた。

（もっと……）

そこで今度は、四歳のシャツを摑んで、シャツごとごしごし背中をこすった。


昼ご飯を食べ終えてから、あなたは出かける支度をした。公園に行ってせんべい缶を捨て、そのあとでスーパーに行って、ちくわ、しなびたほうれん草、チーズのかたまり、キュウリを買った。四歳は菜食主義者なのか、肉は嫌って食べないし、魚も食べない。そう言えば、ヌーディストでもあるのか、裸になるのにためらいもない。もしかしたら、ヒッピーなのかもしれない。そんなことを子どもに仕込んだのは、たぶん、母親の周子。ふと、周子に電話してみようと思いつ

いた。思いついてみるとすぐにも実行したい。どうして今までしなかったのか、不思議なくらいだ。電話がつながると、

「今、どこ？」

前置きもせず尋ねた。しかしさすが長年の友、呼吸を飲み込んでいる。打てば響くように返事が返ってくる。

「グアム」

グアム？　呟いて、あなたはしばし絶句した。

「気をつけて。電話代、すごいから」

「この携帯、買ってから二年経つけど、国際通話も出来るとは思わなかった」

「国際局番要らないのよ、これ」

「そっちは何時？」

「夕方」

子どもたちの様子を周子は尋ねた。あなたは、四歳は便秘だけど、干しプルーンを食べさせたら治った、と応えた。

「あらそう。何個？」

「二個」

「もっと欲しがったでしょう？」

「瞬点が、それ以上やったらお腹を壊すから駄目だって」

「あの子、しっかりしてるでしょ。妙に落ち着いてるし、つい頼りたくなるけど、でも、老成してみえても、まだ九歳なのよ」

「あんた、一体、いつ帰んの」

「うーん、もうすぐ」


結局、なにも言えなかったに等しい。電話をかけたのは時間の無駄でしかなく、ばかげたことだった。アパートに帰ってくると、瞬点が玄関で待ち構えていた。顔を見るなり、

「遅いじゃないか、どこに寄ってたんだ」

とDV夫のようなことを言う。

あなたの返事を待たず、瞬点は窓にかけ寄ると、冷たいガラスに額を押しつけて、カーテンのすきまから外をのぞいた。

「なにしてんの?」

「後をつけられているんじゃないかと思って」

子どもはほうっておくことに決めて、あなたは食事の支度にかかった。ちくわを取り出し、棒状に切ったキュウリを押し込んで筒切りにする。チーズも棒状に切る。立方体のチーズは免震構造をしているのか、建物に芯はあるけれど、刃の下でくねくね動いて切りにくい。

ちくわキュウリとちくわチーズを何本か作ったところで、瞬点がふすまの向こうから顔を出した。

「晩ご飯はなんですか」瞬点はつま先立ちになって、ボウルの中の水に放したほうれん草をのぞいた。「僕は、ほうれん草のおひたしとか、嫌いですね。噛んでも噛んでも口の中にあるから」

「探偵ごっこは、もう終わり？」

「僕、この町を出ます」

ひらひらと頭の中で舞い続けていた蝶がとまり、くらりとした。けれども生来の負けん気が顔を出しつつい無関心を装って、

「あっそう。どうして？」

と尋ねた。

瞬点は優しく「もし警察が来て訊かれても、なにも知らないと応えてくださいね」と言った。それから手のひらで口を押さえ「これ以上は、ちょっと」と横を向いた。

「子どもひとりで、これからどうやって暮らすつもり」

「それはなんとかなるでしょう」

あなたは気がつくと、

「わたしが逃がしてあげようか」

と言っていた。

「えっ」瞬点は訊きかえした。

あなたには返事をしている暇がなかった。こんな時は、考えるより先にまず行動しなければならない。隣の部屋で寝ている四歳を揺り起こすと、着替えをさせ、ぐずる四歳を背中におぶって、

階下の大家の部屋の扉を叩いた。

「夜分にすみません。上の子の具合が悪くて、これから救急病院に連れて行かなくてはなりません。この子、一晩だけ預かってくれませんか」

言い募るうち、うまい具合に必死の形相がどこからともなくやってきた。大家夫婦は困惑顔を見合わせたが、

「一晩だけなら」

としぶしぶ言った。

部屋に戻ると、瞬点は両手をズボンのポケットに突っこんだまま、あなたの後ろからついてきた。あなたは洗面所から自分の洗面道具を引き上げ、衣類をきっちり折り畳み、口を開けたカバンに詰めた。

「で、どこに行くんです?」

あなたは手を止め、ちょっとの間考えた。「それは後で」

二人は家を出て国道でタクシーを捕まえ、ひとまずどこ行きでもいいから名古屋発の新幹線に乗ろうと、近くの駅に向かった。ところが、駅に着いて駅員に確かめると、名古屋発の新幹線の最終便に間に合わないことがわかった。そこで計画を変更し、名古屋市内で今夜の宿を探すことにした。

タクシーの後部座席で、あなたは少し緊張していた。

ホテルにチェックインしようとすると、受付に立った従業員が、あなたのなにかに好奇心をそ

そられた様子で、じろじろ見た。よく考えてみれば、髪はほつれているし、シャツには大きな汗じみもある。化粧も剝げ落ちている。子どもの手を引いたあなたは、夫の暴力に耐えかねた主婦が、着の身着のまま、家出してきたように見えるのかもしれない。男を捨てて、子どもの手をつかみ、家じゅうの現金をかき集めて家を出てきた女。家庭内ストライキを打った女。受付に立つ制服の女性があなたの顔に見ているのは、きっとそんな女に違いない。あなたはにっこり微笑んだ。制服の女性もにっこり微笑んで、宿泊カードをすべらせた。あなたは一瞬迷ってからでたらめの氏名と住所を書き、マボロシの息子の名前を記入した。

ホテルの部屋は、これまで泊まったことのあるどの部屋よりも広かった。天井は高く、あたたかい色の照明が壁の角々で光を放っている。大きな窓がある。窓には厚い織りのカーテンがかかっている。セミダブルのベッドが二つ、ゆったりと並んでいた。かすかに煙草のにおいがするけれど、あなたは満足だった。ソファーの上に荷物を置いて、瞬点に留守番をさせ、夕食を調達しに部屋を出た。安楽椅子とおそろいの丸テーブルで、買ってきたコンビニ弁当を食べた。風呂の湯を落として出てくると、瞬点は窓ガラスに手のひらと額を押しつけていた。

「ねえ望遠鏡、持ってる?」

窓を向いたまま瞬点は言った。

あなたは子どもと並んで窓辺に立った。ビルの屋上に語学学校の看板が見える。

「来年度より社内の公用語を英語とすると言われたら、どうしますか」

「なにを心配してるか知らないけど、大丈夫だから」

小さい肩に両手を置いてあなたは励ますためだけに言った。でも、振り向いた子どもの顔はあまりに険しく、思わず手を引っ込めた。

瞬点は薄い掛布団にもぐり込んだ。隣のベッドで本を読んでいたあなたは思いついて、

「明かり、ひとつ点けておこうか」

と親切に尋ねた。返事はなく、代わりに穏やかな寝息が聞こえてきた。

次の日はホテルの一階にあるカフェで朝食を取った。瞬点は物憂げで無口だった。

「朝は食欲ないんです」そんなことをむっつりと言う瞬点の白い顔はむくんで、いっそう白い。そう言えばいつもそうだったかもしれない。昨日までの三人生活がとても遠い。朝の冷たい光の中で、瞬点はひな鳥のようにじっと目をつぶっている。

「行く先は決まりましたか」

「ひとまず東京に行くのはどう？　部屋もあるし」

あなたは自分が今、なにに直面しているのかよく分かっていなかった。よく分からないなりに興奮が徐々に高まるのは、人生のかじ取りを自分でするのに飽いてしまい、なりゆきに任せて行動するのに言いようのない面白みを感じているせい。こういう心のときめきをもっと大切にしたい。偶然に身を任せるのは、あなたの長年の夢。

ジャムをトーストに厚く塗りながら、自分のことを名前で呼ぶのはもう止めにしたらどうかとあなたは提案する。

「そのほうが、人目をひかないし」

「そうですか。なんて呼べば」

「そうね、おかあさん、とか」

「でも、名前で呼び合う親子もいるでしょう」

とっさに頭に浮かんだのは、これまで知り合った男たちの調子のよさ。秘密の恋を何度もしてきたあなた。恋愛関係にあることを周りに悟られないよう、みんなの前では、ことさらよそよそしい態度をとる男。そんなひきょうなふるまいには慣れているはずだった。

「わたしたちの関係を、秘密にしたいんでしょう」

それでも、つい声が大きくなる。瞬点はきょとんとしている。


部屋が気に入ったので、もう一泊することにする。受付で問い合わせると、幸い部屋は空いていた。ホテルの地下街を探検することにした。ブティック、ふんわりしたレースの新生児の服と、ドイツ製の幼児向けおもちゃを売る店、美容室、ハンカチやスカーフやくしを売る店、緑の勝った、こってりした油絵を売る店。歩いているとあなたは、かつては栄華を誇り今では衰退した街、セピア色の古い観光写真の中に迷い込んだ気がしてくる。

瞬点に頼まれて、学校に連絡をした。

「しばらく休ませます」そう言って口を切り、洗面所の鏡に映る、携帯電話を耳にあてた自分の姿を眺めた。それから子どもの姿を探す。瞬点はベッドにはらばいになってテレビを見ている。テレビの激しく移り変わる色が、視界の隅で、ちらちらとまたたく。安らかな放心のうちに初秋の午後はゆっくりと過ぎ、大きな窓からは西日が部屋いっぱいに射した。太陽は正面のオフィスビルの向こうに沈み、影は砂が動くように滑り出し、すべてが影に呑まれると、あなたと瞬点は外出した。

スポーツ用品店で、当座の着がえに、子ども用靴下を二組、パンツを二枚、肌着を二枚買った。瞬点に選ばせて、ブランドものの真っ白なフリースジャケットと、荷物を入れるレモンイエローのナイロン製のリュックサックを買った。支払いにはカードを使った。ドラッグストアで子ども用歯ブラシと子ども用ねり歯磨きと爪きりを、本屋に行って、明日、電車の中で読めるように少年向けの分厚い漫画雑誌を買った。

中華料理店で、あなたはとうとう状況を楽しむ余裕が出てきたと感じたのかもしれない。料理の写真が並んだメニューを開き、くるりとかえして、

「さ、好きなもの選んで」

と言った。

瞬点は油淋鶏、エビチリ、焼きギョーザを選んだ。四歳はヒッピーで菜食主義者だけど、その兄は違う。母親の主義主張はどんなに立派でも、二分の一の確率でしか遺伝しなかった。これだから血のつながりはあてにならない。あなたは笑いをかみ殺し、注文に生ビールをひとつつけ加えた。

あなたはビールのジョッキをちょっとかかげ、晴れ晴れとした気持ちで飲んだ。料理店のドアに付いた鈴が鳴るたび、瞬点は顔をそちらに向けた。

「なにも心配することないのよ」あなたはザーサイの小皿に箸を伸ばした。「なに心配してるか、知らないけど」

「東京までどのくらいかかるの」

「さあ。二時間くらいだったかな……」

昼間電話をした瞬点の担任は、もしかしたらあなたより年下かもしれなかった。声がとても若々しい。転校の手続きは後で取ればいい。自分の部屋から近所の学校に通わせるか、なんならもっと広い部屋に引っ越してもいい。あなたのマンションの近くには交通量の多い広い道路があって、トラックがよく走っている。瞬点はいつか轢かれてしまうだろう。

「置いてきた荷物は、後で送ってもらうか、落ち着いたら取りに行けばいいと思うのよ」

瞬点はうなずいて、柄の長いスプーンでエビチリソースをすくい、太陽をそのまま溶かしたような、まばゆいオレンジ色のソースをご飯にかけた。

あなたは今までさまざまな役柄を演じてきた。娘、愛人、カウンセラー。この役は初めてだけど、しっくりなじむ。あたり役かもしれない。あなたは若い頃、一度だけ舞台に立つ機会があった。代役で端役だったけれど、台詞を暗記し、台本を読み込んで友人たちの待つ稽古場へ向かった。あなたが情感込めて台詞を口にすると、若い演出家は「駄目だ駄目だ」と声を荒らげた。学生劇団の演出家は、役者に演技をさせない主義。微動だにしてもいけない。棒読みを求められたあなたは気色ばみ、屈辱を感じて役を降りた。

ホテルに戻ると、あなたは電気ポットのスイッチを入れた。守り袋のかたちの糊付けをぴりっと剝がして、中からティーバッグをつまみ出し、紙タブを茶碗のふちから垂らして、二人分の日本茶を淹れる。ベッドの端に腰を下ろし、温かいお茶を飲みながら、瞬点は話し始めた。

瞬点の最初の爆破対象は公園の中にある母子像だった。夜間は照明が当てられていた。その満ち足りて幸せそうな母子の顔を見ていると、つばをひっかけたくなる。でも像は高い台座の上にあるので、天に向かって吐いたつばは自分の頭上に落ちてくるだろう。この不幸せが誰かの幸福からくるものだとすれば、その幸福は直ちに破壊されなければならない。

実行にあたっては人通りの少ない夜を選んだ。爆発時刻ぎりぎりまで自分の胸に爆弾を抱えていよう。人智は完璧なものではないと知っているから、もし誰かを巻き込みそうになったら、その時には自分の肉壁で爆破の威力を抑えこめばいい。体はちっぽけだけど、命という犠牲をささげればなにか奇跡が起こるかもしれない。

深夜一時、瞬点は公園の冷えたベンチに腰を下ろし、街灯に照らされた腕の時計をにらんでいた。風邪をひくかもしれないと、出がけに先回りして風邪薬を一服飲んでおいた。男らしくあろうと水無しで。その粉薬が、今、胸に詰まるようだ。爆体はいつもせんべい缶。キリで缶に穴を空け、導火の遅い線を使って発火装置を取りつけた。点けたその火が走って行く間に逃げる時間を稼ぐつもり。警備員の巡回時間は前もって調べてあったが、万一の時に備え、迷い子と間違えて保護されないよう、おもちゃの携帯電話を四歳から借りていた。それを耳にあて、待ち合わせを装い、

「あ、ぱぱーあ?」

子どもらしい、肉感的な声を張り上げよう。ぱぱーあ、ぱぱーあ。何度練習しても、いざとなると、ひと言も出てこない気がしてひどく不安だ。

空気はしっとりして、月の周りに暈《かさ》がかかっている。

予定時刻になると、瞬点はそそくさと立ち上がった。ベンチの上に靴のまま上がり、ぶるぶる震える手で、銅像の足元にせんべい缶をそっと置く。心臓が早鐘を打つ。念のためもう一度後ろを振り返ってから、ライターを取り出した。小さな青い火の揺らめきを見つめていると、不思議と心が落ち着いた。

我に返って、ベンチからあたふた飛び降りた。冷えた空気の中を、瞬点は公園の出口、すなわち、生の方向めがけて駆け出した。かけっこはあまり得意ではなく、好きでもなかったが、命がかかっていると思うとどうにか走る気も湧いてくる。公園の石造りのアーチをくぐった時、後方に予定された爆発音を聞いた。それは予想したどんな音とも違っていて、乾いて、まるで空っぽの大きな本棚を荒っぽく蹴倒したような音だった。

瞬点はやっと足を止め、肩で息をつきながら、続けて悲鳴や叫び声が上がらないか、注意深く耳を澄ませた。

あなたは子どもの差し出す新聞の切り抜きに目を通した。三月以降、××区の駐車場、公園などで不審火が相次いでいること、警察が現在、建造物等放火未遂容疑で調べていること、新聞報道のあった前日には、朝から現場の実況見分もしたこと。

「本当は、そんなことしたくなかったんでしょ」

思わず、声に苦みを走らせた。あなたがこの話を信じたのは、おそらく、言葉以外のなにかに触発されたから。例えば、自分たちは惨めな時代に生きており、その中でもとりわけ惨めなのは子どもたちである、など。ところが瞬点の返事はこうだった。

「せっかく作った高価なものを、引き出しにしまっておくなんて出来ませんよ」

「それ、本気?」ごくりとつばを飲み込むと、

「冗談です」

と返事があって、つけ放しのテレビから、空虚な笑い声が漏れた。

「あんたもしかして、ちっちゃい頃、二十日鼠とか、金魚とか、解剖したタイプ?」

「いいえ」

あなたは知りたかった。なんのためにそんなことをするのか。それとこれと、どういう関係があるのか。こんな野蛮な方法でなくとも他にやり方はいくらでもあるのではないか。そんな刹那主義をどこから拾ってきたのか。ネットか。

「ママのせい? 捨てられたから」

「悪口言わないでよ。いい人なんだよ」

「そういう罪って重いのよ。知らないの? 放火ってだけで、死刑になった人もいるんだから」

あなたは唇を噛んだ。

「どうして、今頃になってそんなこと言うのよ」

両手に顔を埋めると、瞬点がなぐさめるように、あなたの肩に手をまわした。おかあさん。泣かないで。泣かないで。

もしかするとこの時、すでにあなたのハラは決まっていたのかもしれない。

懐かしいという感情は、過去ではなく、よく肥えた未来の大地に抱く感情なのか。行ったことのない場所だからこそ、何度も思い浮かべた未来に対する執着心は強い。未来を懐かしむあなたは、横になって暗闇を見つめる。見ているのは辛い現実、自分とひとつ部屋に寝ている子どもが実は爆弾犯だったなんて。瞬点が寝返りを打つ、シーツの下の盛り上がりはとても小さい。あなたはそっと身を起こすと、隣のベッドに近寄り、別れの言葉を呟いた。声は、子どもの安らかな眠りを前に気兼ねして響いた。服を着替え、髪をとかし、荷物をまとめてテーブルの上に部屋の鍵をことりと置いた。

この上なく傷ついていたので、ホテル代金を置いていくのはうっかり忘れてしまった。

カバンを手に寝静まった街を歩いた。昔の市電通りに沿って歩き、信号のある四つ角で立ち止まった。車は一台も通らない。見上げたマンションの部屋に、灯りがひとつ点いている。信号が青に変わり、あなたはふたたび歩き出す。酔っ払いの姿さえない。空は真っ白で、自動販売機の赤いランプが点滅している。あなたはカラスの声のこだまを聞きながら、駅に向かって走った。

途中、公衆電話を見つけて、扉を押してボックスの中に入った。腕の時計は、五時五分前。

この通報は完全に匿名で行われ、あなたの心の中でさえもそうだった。なにも考えず、専門家の手に問題をゆだねるのだ。今回のケースは、あなたの職務の範囲をはるかに超えている。


瞬点は、あなたが守ってくれると信じ、安心しきって寝坊した。そんなところはまだまだ子ども。昼ごろ起きて、ひとりぼっちだと気がついた。瞬点はちょっとの間あっけに取られていたが、気を取り直した。一度、母親に捨てられたせいで、免疫が出来ていたのかもしれない。自分宛ての書き置きがないか探してみたが、ないので少し腹を立てた。昼食兼朝食に残りの菓子パンを食べ、のどが渇いたので、部屋の冷蔵庫から発泡水のボトルを取り出して飲んだ。おしっこをした後、瞬点はテレビにリモコンを向けた。面白い番組がないので、ベッドに横になって、昨日買った漫画雑誌を読んだ。十四時のチェックアウトの時間が近づいてきたのに気づいて、伸びをして立ち上がった。もう、あなたのことはすっかりあきらめていた。受付の前を通ったが、子どものせいか見逃された。ふところには、あなたの渡したアパートの更新料が、封筒のままそっくりあったけど。

受付にいた女性に瞬点が手を振ると、向こうも笑顔で手を振り返した。

四歳を迎えに行くと、大家のおばさんが出てきた。

「昨日から、何回も電話したんだけど」相手は、あからさまにうさんくさそうな声で言った。

「あんた、具合はもういいの？」

瞬点はすばやくうなずいた。

あなたが出て行ったと聞いて、四歳はけらけら笑った。四歳は言った。あなたのいびきのうるささには最初の夜からもう閉口していたと。寝るとぽっかり口が開いて、起きている時とは別の顔になる、それがとても怖かった。四歳ともなればこれだけの意見を立派に述べる。瞬点は買ってもらった衣服を見せ、

「いい人だったけど……」

頭を掻いた。

四歳は、うふっと笑った。

他人同士が集まってにせ家族をつくるのは難しい。でも、家族が集まってにせ家族を作るよりも簡単。周子が家を出て行ってからは特にそんな風に思って、自分たちがどんなに難しい試みをしようとしているかも気づかず、とうとうあなたという脱落者を出してしまった。あなたは大人で、年齢的にも「少年」と呼ばれるには厳しい。それを肌に感じ、無意識のうちに、引け目に感じていたのだろうか。冷蔵庫を開けると、あなたが出て行く間際まで作っていたちくわだのキュウリだのが入っていた。

瞬点は無関心にそれを眺める。

これから僕たちはどうなるんだろう。

案じていると、アパートの外階段を上がる複数の足音がした。部屋のドアを誰かが強く叩く。

四歳が来て、誰？　と目顔で尋ねた。

「ママ?」

瞬点は大きな声を出して訊いた。四歳が瞬点のそでを引く。ママなら、自分の鍵を持っているはず。

ノックの音は止まず、しつこく続いている。


二十四時間営業のファーストフード店で時間をつぶした後、あなたは惨めな気持ちで新幹線に乗り込んだ。あなたが来た道は帰る道と同じ。けれども知らないうちに、別の風景、別の線を辿ってしまったようだ。帰り道はなぜかおそろしく長い。新幹線はがらがらで、乗客はそれぞれ離れあって座り、お互いにそっぽを向くように窓の外を見つめている。荒涼とした味気ない風景の広がり。やがて風が出て、雨が降りはじめた。雨粒が窓ガラスにぶつかって、ぱちぱち音を立てる。灰色の太平洋が見える。有名な湖は、ちらりと姿を現して、あなたの視界からすぐに消える。口を開くと、息を吐くように言い逃れが出てきた。わたしはわるくない。わたしはわるくない。景色が暗くなると窓の外は後景に退いて、代わりに黄色い蛍光灯に照らされた車内がくっきりと映し出された。窓に映るあなたの目は、狂気を宿して見えるだろう。

新幹線は霧雨の東京駅に滑り込む。寝不足で、疲れきっているにもかかわらず、すぐには部屋に戻らず、街をやみくもにうろつきまわる。シュークリーム、ドーナツ、どら焼き、わらびもち、中華パイ。甘いものを大量に買い込んで午後八時過ぎ、やっと自宅マンションに戻ると、散らかった部屋でベッドに倒れた。少ししてから階下に下り、郵便受けに溜まった投げ込みチラシと、ダイレクトメールの束を抜き取った。階段を上る途中、めまいがしたので足を止め、壁にもたれて休んだ。瞬点のことや、この一週間の名古屋郊外での生活のことはもうほとんど消えかかっていた。深夜二時、荷を解いて、下着やシャツを洗濯機に放り込み、スタートボタンを押した時には、望み通り全てを忘れていた。

次の日、あなたの部屋を警察官が訪ねてきた。制服姿の男は若く、きりりと引き締まった、すべすべしたほほをしている。あなたをひと目見るなり、まるで恋に落ちたように、「やっと会えたね」と言う。

あなたの胸の裡で、安定にあこがれる症状のうち、もっとも執拗なもののひとつが煮え出した。男らしい稼ぎ手と恋に落ち、家賃ではなくローンを払う生活。新しい人生は持ち家から始まる。スラムの語源は「部屋」。東京スラムはもううんざり。ふつふつたぎるあなたへ続くわたしの心、気づいて欲しい。

「お子さんはいますか」

「おまわりさん、わたしの歳で、孫のいる友達だっているんですよ」

「ずっとお留守でしたね」

「警察官がストーカーなんて、笑えませんね」あなたはうっすら微笑んだ。

苦笑いしながら、若い警察官は持っていた黒表紙のバインダー式台帳を開き、うすい青色の、かたい紙をあなたに差し出した。

「このあたりに住んでいる方全員に、巡回連絡カードの記入をお願いしているんですよ」

あなたはペンを受け取って、カードを一瞥した。名前を記入する欄、住所を記入する欄、生年月日を記入する欄、職業を記入する欄。罠かもしれない。うつむいて、名前を書きかねていると、

「どこへ行かれてたんですか」

という気さくな声が上から降ってきた。

「グアムです」

「最近、不審火が増えていますから、お留守の際は気をつけてくださいね」

「不審火というと？」

「放火です。冬の季語です。子どものいたずらかな、今月に入って、増えてるんですよ」


子どもが犯罪事件を起こした、そんなニュースを見ると、あなたは、一体どういうつもりか、とその子どもを揺さぶって、問い詰めたくなる。声変わりもせず、永久歯も生えそろわないうちに、こんな大胆な犯行をする。そんな悪魔の子どもたちはどんな顔をしているのだろう。その子たちは、「殺す」とか「火をつけて燃やす」とかいう動詞のほかに、どんな動詞を持っているのか。「近親相姦する」とか、「動物虐待」とか、「自慰する」とか、そういう動詞も持っているかもしれない。

顔を見たい、顔を見たい。顔には動詞が全部書いてある。そんな風に思って自分がなにを欲望させられているのかも知らず、子どもの顔を生々しくうつした違法写真を、ネットの深い森で探

したこともあった。少年法についてはなにも知らないが、刑罰を受けることで、未成年の犯罪者らは、心の平安を得るのかもしれない。その時、刑罰とは癒しのようなもの、それなら刑事や警察官は、安らぎへと導く天使なのだろう。

午前の仕事を終えて自宅マンションに帰ると、いつもぼんやりしてしまう。窓の外から五時を知らせる鐘の音が聞こえた。教会の塔に吊るされた本物の鐘ではなく、スピーカーを通して聞こえてくるのは、にせのテープ録音。時計を見るとソファーに腰を下ろしてから何時間も経っていて、びっくりすることが最近はひんぱんにある。お茶を飲もうと思い立ち、こわばった手足をぎこちなく動かして台所に行き、やかんに水を入れて、ガスレンジのスイッチをひねる。安い焼酎をマグカップに入れ、ぬるま湯を注いでひと息に飲む。顔がほてってきた。またもやソファーに座り込んでしまう。

七時になると動き出し、髪を手で整え、バッグの中身を確かめて次の仕事に向かった。もう外は真っ暗だ。バス到着時刻に少し遅れたが、顔なじみの運転手は、バス停で待っていてくれた。ショルダーバッグに手をかけ小走りに乗り込むと、運転手が「こんばんは」と言った。

「こんばんは」

バスを降りると、夜風が冷たかった。同じ風がイヤリングを吹き抜けて耳元でびゅうびゅう鳴る。夜空に星が揺れている。次の利用者が住むのは、川を見下ろす位置にあるタワーマンション。磁力の反発で、全体がちょっとだけ地面から浮いているという。そんなことが現実にあるのか。住み心地は大地に根をおろした建物そのものなのに、M7級の地震でねこも起きないとは本当か。

ねことは、この場合、安全・安心の目安なのだろう。

　動物を好きになろうと努力をしたこともあった。でも結局、好きにはなれなかった。有事にはこのマンションがロケットに早変わり。安全な地を目指して飛んでゆきます。この地球上、この大地に、安全な地と言い切れるような場所はもうありません。それならねこもつれて、いっそ宇宙に飛び出してしまえばいい。

　踏み入ったマンションの敷地は広く、照明が若木を明るく照らしていた。赤レンガを敷いた遊歩道にも、低い灯りが導くように灯っている。水音を立てるにせ小川がある。流れる水は、水道の水。

　足元を、プラタナスの、大きくて乾いた落ち葉が転がっていった。前庭のくねくね道を歩き、ガラス張りの風除室に入って、パネルに部屋番号を打ち込む。パネルに仕込まれたマイクから、利用者の声が応える。機械を通して聞こえる声は、ぴりぴりした肌触り。部屋から自動扉を開けてもらい、中に入り、豪華なエントランスホールを歩き出すと、いつも奇妙な感覚に襲われる。まるで遊園地のビックリハウスのよう。まっすぐ進んでいるつもりが、いつの間にかななめに進んでいる。シャンデリアの下がる天井の高さのせいで遠近感が狂うのか、ひどく小さくなったような気がする。

　それとも、もしかすると、本当に背が縮んでしまったのかもしれない。

それから、横へ横へと滑走する。

恋愛体質とは、感染してテロリストになることだった。そんなことも知らず、

あなたはだんだん小さくなった。

親友にハガキを書いた。ずっと気になっていて、人に頼んで住所を調べてもらった。投函する前に読み返す。周子、お元気ですか、長いこと顔を見ていませんね。わたしは再犯の可能性がなくなるまで、更生施設に入所することになりました。ぜひ一度、会いに来てください。

書き綴る、あなたの筆跡は震えている。

あなたが収容されている施設は京都の山の中にあった。監獄か病院のようなところを想像していたけれど、行ってみると実際にはそうではなくて、パッと見の外観は第三セクターが運営する田舎の温泉施設。中は駅舎か空港のようにピカピカ。床はつるつる滑るリノリウム。消毒液のにおい。あなたは爆弾事件の犯人として、ここにたどり着いた。この施設を設計した人は、なにを考えていたのだろう。拘束感を出来るだけ薄くして、一時的な待合室のような雰囲気にしたかったのか。立ち止まり、並ばせられても、バス停でバス待ちをしているだけだと思えばそれはそれで、拘束され自由を奪われた生活という感じは薄くなる。でも、いつまで待ってもバスはこないし、電車もこない。一体、いつになったらここから抜け出せるのか。いらだつが、どうしようも

ない。

施設内にある閑散とした喫茶室で、周子がくるのを待っていた。エプロンをかけた若い娘が、窓を向いた椅子に腰をかけ、新聞を広げて読んでいるふりをしながらこちらの様子をうかがっている。あなたは二十四時間、監視されている。

ここの職員は「〜しよう」という、誘いかけるような言い方をした。もしかしたら、「入所者との接し方」というマニュアルがあるのかもしれない。友人のふりをして、あなたの自主性を尊重しますよ、最終的に判断を下すのはあなたです、強制はしませんよ、そう言いながら、その実、人のやることなすことを、じっと観察している。朗らかさを装ってはいるが、ハラの底は読めない。

喫茶室にはオルゴールの音色が小さく流れ、テーブルの上の素朴な花器には野の花がいけてあった。花に見とれていると、急に声がかかった。顔を上げると、懐かしい周子が、顔じゅうを笑いにして立っていた。

わあ、久しぶり、あなたは手を広げ、二人は抱擁する。周子の体は、以前とずいぶん違う。痩せて、背もいくらか伸びたよう。周子の年齢にあわぬ成長と開けっぴろげの親しさに、あなたは内心たじろいでしまう。知らぬ間に、友情の濃度は高まっていた。

「連絡くれるなんて思わなかった。キツネにつままれたみたい」

「実はこの辺り、キツネも出るの」

「わあ、大変。それじゃ、わたしは本当にばかされてるのかもしれない」

「はは。そうかもね。でも、あたしはまだまだボケないわよ」

さっきまで新聞を読んでいた娘が、新聞を畳み、メニューとコップに入った水をお盆に載せてやってきた。近くで見るともっと若い。確か三十を過ぎているはずだけれど、化粧気もなく、まだまだ十代に見える。

周子はウエイトレスの後ろ姿を振り返った。

「友達?」

「そう、友達と言っても、いいでしょうね。まあ、歳はずいぶん違うけど」

あなたは、ちょっとためらってから続けた。

「あの子ね、恐ろしい罪を犯したの。自分の夫を扼殺したの。とてもそんな風には見えないでしょ、あの体重で」

誰も囚人服を着てないんだね、と周子は言った。あのウエイトレスはトレーナー着てるし、あなたも、ジャージのズボン穿いてるじゃない。

「だって、時代が違うもの」

あなたはコップの中の氷を震える指で回した。カラカラと涼しげな音がたった。

「水玉の囚人服って、あると思う?」言いながら、自分の着ている水玉もようのシャツの、腹の辺りをつまんでみせた。

「ないと思う」

「そうでしょ。でも、入浴は三日おきだし、運動は週二日だけ。起床時間も就寝時間も決まってる」あなたは、ふふ、と笑った。

「格子窓があって、看守の足音が夜、かつーん、かつーんとこだまするようなところだと思ってた」あなたは言う。

周子は短く笑う。

「玄関には、鍵がかかっているけど」あなたは肩をすくめる。

「徘徊する人がいるからでしょう」

「さっきのウエイトレスが読んでいた新聞、入所者が触れてはいけない刺激的な記事に黒塗りがされて、読めないようにしてある」

「ないない、そんなことはない」

「どうして？」あなたは小首をかしげる。

「だってここ、老人ホームだもの」と周子は応える。

ちょうどお昼時だったので、食事を取ることにした。メニューに載っているのは天ぷら弁当と肉だんご弁当の二種類のみ。周子はどちらも味わってみたいと貪欲に言い、舌なめずりまでした。

「じゃ、二つ取って分けようか」あなたが言うと、周子は手を叩いて喜んだ。

「今日はわたしがご馳走するね」

「いいのよ、気を遣わなくても。だいたいあんた、お金あるの？」

「そこそこ貯め込んでるわよ。瑠美さんは？」

「ちり紙とハンカチと本、便せん、切手、現金は携帯が許されてる。それじゃあ、ご馳走になろつかな」

周子はいたずらっぽく目をくりくりさせた。

喫茶室から見える中庭に、犬を洗っている女の子がいた。「あれは放火犯」目配せをして、声を落とす。

「全員、知り合い。死ぬまでここにいるんだもの。重罪を犯した人しか入れないのよ」

ここまで来るのに、あなたが自分の手で扉を押しあける必要はなかった。いつも向こうから扉は開いた。留置所の扉、裁判所の扉、刑務所の扉。

昔、周子からもらった手紙を、あなたは記憶の深みから探し出してきて、胸の裡でこっそり開いてみた。近頃は、昔のことばかり鮮明だ。周子と文通していた時の手紙は、二十通、そっくりこの胸にしまってある。死んでしまいたいと、書いて来たこともある。死んでしまいたいとはただ事ではない。周子は一途な性格だった。

あなたもそうだったと、すました顔で周子が言う。そうね。わたしたち二人とも、へその曲り具合が同じだった。

「ねえ、周子」

「わたしは母ではありません」

自分のしたことに後悔はないが、軟禁されて、刺激の少ない生活を送っていると、過去への依存度は高くなる。自分が逮捕された翌日、新聞はどう書き立てたのか。犯罪は流行り病のようなものだし、免疫が出来ることもない。一体、何人があなたの起こした爆破事件によって触発されただろう。若い人に強くアピール出来ただろうか。反復を愛するようになったあなたは、そんなことばかりが気にかかる。

「泣かないで」周子があなたの肩に手をまわす。「あなたが心配するようなことは、なにも起きなかった。全部、あなたの妄想」

あなたは強く首を振る。


それにしても、武装闘争というアイデアは、どこからわたしのもとへやって来たのか。


二人の前に運ばれてきた弁当は、底の湿った温かさだった。作ってから時間が経って冷めたのを、きっと温めなおしたのだろう。あなたが食べた肉だんご弁当の肉だんごは情熱の赤。ミミズの肉でも混ぜているにちがいない、低級な脂の味。取り換えた弁当の天ぷらも、衣ばかり口の中でぶわぶわ大きくなってかみ切れない。糠漬けのキュウリもいやらしく酸っぱい。こんなものでも周子は、旺盛な食欲を見せ、

「あ、これ、結構いけるね」

そんなことを言って、あなたの残したものにまで箸を伸ばす。最後に出たほうじ茶を飲み干し、

「なかなか豪華じゃない」

と満足げに胃のあたりを撫でた。

あなたはかすかに眉をひそめた。周子は、あまりいい生活をしていないのかもしれない。そう

いえば、あのボーイフレンドとはその後、どうなったのだろう。周子がなにかしきりに話しかけてくる。けれども、なぜかあなたにはその声が届かない。

「これからもちょくちょく来てよ。あたし、こんな山奥のホームに入れられちゃって、退屈でしょうがない」

そう言うと、周子は唇の端を吊り上げて、皮肉な微笑みを浮かべた。頼んだ子守りを途中で放り出したことを、まだ根に持っているのかもしれない。「でも、わたしは幸せよ。本当に幸せなの」

お腹がいっぱいになったあなたは、居眠りを始める。最近ではなにをしていても、無意識の霧がすぐに湧き上がり、意識の視界を悪くして、圧倒的に勝ちを占めてゆく。

車を洗っていた少女がいつのまにかあなたの隣に来ていて、額に落ちかかった白い髪を優しく梳いた。

「さあ、お昼寝の時間ですよ」

あなたはそっと目交《めま》ぜをし、周子に合図を送る。周子はいなくなっている。あなたは驚く。さっきまでここにいたのに。

全てはあなたの勘違いかもしれない。周子はここにいたかもしれないし、いなかったかもしれない。あなたとしては、どちらでもいい。テーブルの上の弁当の残骸は下げられて、きれいに拭き清められている。そしてまたハラが減っている、この不思議。

職員が車椅子のハンドルに手をかけて方向を変える。昔、あなたはわたしのうばぐるまを押してどこへでも出かけていましたね。因果は巡り、今はあなたが車椅子に乗るということか。

「さっき面会に来られてたの、娘さんですか?」

はい。

応えるあなたの瞳の輝き。

世界を変えるあなたの旅は、まだ始まったばかり。

犬猛《たけ》る

犬は、と母は言った。イヌは本来群れで暮らすもの。群れという言葉がまぶしい。母は決してこういう言葉づかいをしなかったと思うが、たった二年前なのにもう母がつかった言葉を思いだせない。犬はインと言ったと思うがそれも定かではない。口を利きはじめたのが原因だろうか。言葉だけでなくインと犬のことから、母の声というものも思いだせなくなっていることにはじめて気がついた。

犬は本来群れで暮らすもの、そういう意味のことを覚えているのは、この地方の海ではわたしのような存在は珍しかったからかもしれない。ほとんど口を利かず、学校にもいかず、沖まで泳いでいってジョーキの舳《へ》先《さき》から海へ飛びこむというような浜の子どもの荒っぽい遊びにも加わらない。そのせいでいつもひとりだったが自分なりに忙しかったから気にならなかった。天子様の行列がしょっちゅう訪れてはまばゆい光の粒子でできた美しい帯になって流れ、よく卒倒していたのだ。

母は毎日仕事にでる。家は北陸の海に面したちいさな浜町にあった。このへんの年よりが戦争、といえばそれはこの間の戊辰役のことで、街道を長岡や会津へいく軍が通過し春から秋までひどい混雑だったらしい。

からっぽの家にいってきますと声をかけて、わたしも毎日浜にでる。途中でニキビ面の若者とすれちがう。東井出町の若衆宿からきた男ばかり十三歳から成人前のグループだ。若衆宿というのは若者がぶらぶらとたまって昼寝をしたりご飯をいただいたり話をしたりするところ。あぶないので近よってはいけないと母に教えられているがどうしてあぶないのかはわからない。数えると全部で十三人もいる。こんにちはー、と頭をさげるとそのなかのひとりが、

「嬢ちゃん、ひとりで浜にいったらいけんよ、あぶないから。変なひとがおったりするからね」

と言う。わたしはうなずいて砂の上をはう昼顔のつるを見ながら変なひととは兎声のことだろうか、あぶないはどうあぶないのかと考えてみる。親切な若者らに訊いてみたいけど若者らはもう消えている。兎声はずっと前から浜にいるがあぶないことはない。母の話によると東井出町の若者らは最近になって「どこの骨かもわからんものが勝手に浜を閉じるのはいかがなものか」と言いだしたらしい。東井出町では肉より骨を重んじるのかもしれない。東井出町のひとたちは兎声に「肉のみかけにはダマされないぞ、肉を切開して骨をみせろ」と迫っているのだろうか。そしてその骨がウマの骨ではなく、ひとの骨だということを証明してみせろと。おれの肉を切ってもしウマの骨が出て来たら東井出町の若者らはおれをどうするだろう、とわたしは思う。

昼の浜は兎声の磁場だ。わたしはどこの浜にも番をする役がついているものと思っている。兎声は、

「おっ」

と軽い調子であいさつする。

「だいじょうぶなん?」

兎声はきょとんとする。「なあに?」「いま、東井出町の若いひとらとすれちがったから」「そうか」「怒っとるみたいよ。最近の若いひとらは、真面目やね」

兎声は笑った。

「毎日くるの?」「そう」わたしはちょっと考えるように目を閉じる。「失業しとるんやろうか。きっと、時間があるんやね」

不安の道にあえて踏みこみからだをなげだし、まきこまればらばらに流されてずうっといくと線が途切れた先に小屋をみつけることがある。小屋のなかにはたまに誰かがいる。でかい頭陀袋《ずだぶくろ》をひいていたりぼろきれを体にまいていたり痩《や》せて裸足だったり口をもぐもぐさせていたり垢《あか》だらけだったりする。兎声はその小屋の中にいるひとに似ている。出口と入り口がある一直線の時を生きていないひと特有の、歳の読めない風貌《ふうぼう》。子どものような背丈をし子どものような顔をして頭ばかり大きい。夏のひどく暑いときと真冬の雪がふぶくようなときをのぞけば年がら年じゅう浜にいる。

前に地引網を大勢で引いたとき、人目を盗んで網目から魚を落とし足で砂をかけて隠しておい

た。地引網はかけ声もみんなであわせるし、わたしは体が小さいので宙に浮いてしまっておもしろい。昼、鼻歌をうたいながら浜にいき手で砂をほりかえしていると不意に声をかけられ、盗みの現場を見つかったと思いぎょっとなった。浜におりる前と砂をほりかえす前、誰も浜にいないのをぬかりなく確かめたはずだった。ふりかえると見たことのない頭のでかい奴がいてにこにこと笑いかけてくる。

ツブツキは強い魚でこいつの心臓は珍味のひとつだが酒を飲んでこれを食べると食べたものは死ぬ。砂まみれのツブツキはまだ生きていてわたしの手を尾びれでひとつ打ちふたつ打ち、砂をはいずって海の方へ帰ろうとする。逃げる魚をつかんでふところに投げこむとその、頭のでかい奴につばをはいて逃げた。それが兎声との出会い。

兎声はたいてい腕枕でゆったりと寝ている。わたしはその横ではらばいになり砂に字をかく。誰かが浜にはいってくれば兎声はすぐに気づく。

「すず、エスきたよ」

海のむこうに夕日が沈み山の上の空に一番星が光るころ、うす青い空気のなかをまっしろいエスがのしのしと歩いてくる。エスの砂の上の足跡はわたしの手のひらぐらいもある。ふさふさの毛をつかんでよじのぼり背にまたがって「ほんなら、また明日ね」と言った。

兎声はひらひらふった後の手をひとつぽんと叩いた。「今夜、でかけるんですよ」

「珍しいね。どこいくん」

「新地に。いっしょにきますか」

「いく」返事をしてから、ア、と声をあげてエスの背からすべりおりると犬はため息をついた。一日たっぷり働いたのでもう家に帰りたいのかもしれない。

「夜遊びなんかしたら、おかあさんが心配するから……」

うつむくと兎声は頭をもっとさげてわたしの目をのぞきこんだ。

「だいじょうぶ、帰っておかあさんに訊《き》いてごらん。七時に、井戸のある三叉路のところで」

飯を食って母にひとしきり昼間の出来事をしゃべりもう寝ようかなと思っていたら、母が、

「支度しなさい」

と言う。
エ、いいの？
ひとつうなずいた母は柄《がら》の大きいひとで、子どもの目からみても大きかったが大人から見てもやっぱり大きい。このあたりに珍しい鳥のような精悍《せいかん》な顔つきをして目は馬のように大きい。まっくろに焼け手足は太くたくましく、袖《そで》と裾《すそ》のみじかい着物をきて腰巻はつけず、荒縄を腰にまき、わらしべで髪をくくっている。仕事で走るときは裸足になった。手には犬の調教用の皮紐をもっている。その横顔がさみしそうで、おかあさんも、いっしょにいくん？　とたずねた。

「ひとりでいきなさい」

エスは？　目で訊くと母は首をふった。エスは土間のすみでうとうとしている。エスはひとのだいたい六倍の速度で生きているからこの間まで赤ちゃんだった気もするのにもう大人。いつの間にかぽかんとしたところが抜けて分別くさくなって老いた。こんなに早くエスが大人になった

ことにわたしはびっくりするが、むこうからすればわたしの幼年期がとほうもなく長く、終わりもなくみえて不気味だろう。

ほんなら、いってきます、と外にでると木々の芽吹くいい匂いがそこらじゅうに漂う気持ちのいい春の宵だった。わたしはしょっちゅう風邪をひくし、母はわたしがシイラみたいに青白くって薄っぺらくってしばしば倒れるものだからうまく育ちあがらないんじゃないかと気をもんでいる。どうして外出がゆるされたのか、この時はまだわからなかった。春の夜は水気たっぷりで中空に浮かぶ月もぼやけ、暗い海には漁火が並んでまたたく。町はずれの三叉路までくると兎声が共同井戸のふちに腰をかけていた。歩いて五十分ほどの新地は船乗りたちでにぎわっている。花街のきらびやかさガス灯の美しさ明るさにわたしは声も出ない。こんなにたくさんの人、一体、どこからきたのか。

「みんな、海から吹きよせられてきたんですね」

兎声がこたえる。流しのうたい手さんが辻に立ち、あごの下にはさんだバイオリンを弾きながらうたっている。俥はがらがら音をたて走っていく。戸を開けはなした店から酔客の笑い声がする。蓄音機を通した三味線の音色、食べものを焼いたり煮たりするいい匂い。うたとおどりつきのジャンケンポンが聞こえる。小暗い路地の奥にまっしろな仔猫の後ろ姿を見つけて立ち止まると猫はこちらをふりかえった。声をださず、目を細めてナアと鳴く。桃色の小さいくちのなかがみえる。気がつくと兎声がずいぶん先を行っていてわたしはあわてて後を追った。

兎声が入ったのは一軒の料理屋だった。立派な瓦屋根の三階家で門の内側に背の高いクロマツが一本生えている。奥から出てきた女将はまる髷《まげ》に眉ぞりでにんまり笑うとお歯黒がみえる。少しこわい。思わず一歩さがったわたしの非礼を歯牙にもかけず目を細くし、

「お可愛らしいお嬢さんで」

お愛想をいった。女将は兎声に流し目をおくり「あんたのお子さん?」と訊く。兎声は返事もせず店のものの案内もまたず、すたすたと勝手に歩いていく。三階の角部屋にはま新しい厚い座布団が並んでいてわたしは目を丸くして兎声をふりかえり、

「座布団、ふかふかやわ」

と笑う。

そこへ立派な着物をきた殿様がのっそり姿をあらわす。ア、黒がね御殿の殿様、と口をあける。ソーソー、と兎声がうなずく。

黒がね御殿の殿様といえばこのへんで知らぬものはない。他に先駆けて荷積みの船を北海道へくりだし、肥料や米、わら、むしろを商って太くなり、十三銀、高銀、貯蓄銀行などと競って浜にいくつも倉をたてているあぶらっ濃いおひと。殿様は知事さんのふところ刀。このうわさが本当なら知事さんは変なひとだとわたしは思う。こんなでかい殿様をふところにいれていたらすぐ着物があぶら臭くべたべたになってしまう、どうして知事さんは殿様をふところにいれるのだろう、おれも知事さんに捕まったらふところにいれられてしまうのだろうか。兎声は考星学に通じていて西洋のこよみを使って図をかき予言をする。人相見も手相見も神がかりもおふで先みたいのもする。評判をとって黒がね御殿の殿様もみたが、黒がね御殿の殿様のようなおひとが昼日中

堂々と兎声を訪ねてくるわけにはいかないので新地で、夜、お忍びであうらしい。兎声のところにもちこまれるのは商売か縁談かジョーキにのって開墾にいった親戚はいま、などの尋ね人かそのどれかであることが多い。

殿様のいかつい顔から地声の大きいガラガラした笑いがとびだす。大きなふしくれだった手をわたしの頭にのせるが、のせるというよりつかむようで、その手はとても熱い。さっと兎声の背中に隠れる。殿様は着物の帯にからめた金ぐさりをひょいと引き、いなずまのような速さで金時計のふたをあけ、パチンとしめるのをくりかえしながらいろいろ質問をなさる。坊、名前は？いくつ？　どこに住んでるの？　今日はどうしたの？

「かあいらしいな。おまえの子か」

「どっかで飲んできたんですか」

応える兎声の声には遠慮がない。殿様がなにか応えて、ふたりは声をそろえて笑った。

相談のあいだじゅう、わたしはふたつづきの座敷をぶらぶら歩きまわったりガラスのはまった丸窓にひじをついて下をのぞいたりする。むかいの店のガス灯に藤の花がぼうっと浮かんできれいやな、と思っていると誰かがちょいちょいと袖をひく。パッとふりかえり、ア、と口を開ける。殿様は笑顔で、ふところから紙に包んだお菓子をとりだす。包みをひらくとたまご色と茶色のきれいな二色もちがでてきた。わたしは花が咲いたみたいにうれしく、手のひらの上のもちをじっとみつめる。殿様はもうむずかしい顔をして奥の部屋で兎声となにやら相談している。ふたたびもちに視線を落とし、今度は鼻を近づけてみる。着物に焚きしめた香のにおいと炊いた漢方薬のにおい。思わずくしゃみがでた。

「お、だいじょうぶか」

からかうような殿様の声が飛んだ。ていねいにもちを包みなおした。母とエスへのおみやげにしよう。

立ったまま若い女中さんの白い手で御膳の用意がととのうのを見学した。鮮やかな九谷の長皿にのって運ばれてきた弁慶エビの赤さに目をうばわれていると急に一段あたりが暗くなり光の帯がまわりはじめた。やばい。光は最初はじりじりとすすみ耐えきれないほどのろくかえって苦しい、と思う間もなく加速をし、ひゅんひゅん高い音をたてはじめる。黒がね御殿の殿様は溶け、兎声の顔も溶けてわからなくなり目の前の弁慶エビは頭から湯気をたてて両のハサミを高くあげてなにかアピールする。よくよく耳を澄ませると、
おれの給料！　おれの給料！

と叫んでいるようだ。うわ。しかしエビもすぐにみえなくなり、「ボン、ボン、一体どうした」という殿様のおろおろ声もちぎれて飛んでいき、ぐるぐるまわってなにもかもを遠くにふりとばす力を全身に感じた。

立とうとして御膳をひっくりかえし、手をつき、よろけ、障子戸をからりと開けてはいってきた東京楼の女将の白い顔もお歯黒も「どうされました？」と言う声も遠くにすっとんでいく。だいじょうぶか、という兎声の声だけ妙に近い。声は軽い笑いをふくんでいる。おれはいま、座布団の上に完全に立った、とわたしは思ったが間もなく卒倒した。

気がつくと朝で家に帰ってきていて布団に寝かされていた。母もエスも仕事にいって留守らしく家のなかは静かだ。目をあけるとひとつきりの窓から青い空がみえた。

あれ?

のどが渇《かわ》いて力が入らないし頭がぽっぽと熱い。どうやら熱があるらしい。けど、天子様がきた後おおいに消耗するのはいつものこと。

「殿様にもらったもちを、兎声はちゃんとあずかってくれているだろうか……」

そんなことばかりが気になった。

浜におりる道の途中、じんきどのお婆とあう。

「あらあんた、もう具合いいの」

と鼻にかかった声をだした。じんきどのお婆は母の仕事仲間。ハイ、と元気に返事をすると、

「あんまり浜に近よったらいけんよ。危ないひとがおるからね」

とうわめに見る。浜へでかけるのは悪いことではないけど後ろめたいことではある気がする。ばつの悪い思いで手を後ろにまわし、片足で立ち、軸足を代えてまた軸足を代える。じんきどのお婆は「いいこやね」と言って、しゃなりしゃなりと去って行く。走って浜におりる。兎声は砂の上に新聞をひろげて読んでいる。うちに新聞を購読する余裕はなく、だいたい母もわたしも字を読めないので新聞に用はない。いくらも近づかないうちに兎声は顔をあげ「また米の値があがりそうですよ」と言い、弱りましたねえとつけ足した。

「ペトログラード、巴里《パリ》、東京」

「なにいうとるの」

兎声は新聞をながめて未来を占っているのかもしれないとわたしは思う。兎声は星と手のひらで未来を占うけど、ひとの手のひらと星と新聞だったらどれがいちばん正確なのか。兎声は、経済なぞ、まったく質のわるい占いですよと言って笑う。そうかー。ごろりとあおむけになって空をみた。今日もよく晴れている。うすくひきのばしたような雲が浮かびトンビが輪をかいて飛ぶ。トンビのかく線、あれももしかしたら字なのだろうか。わたしが砂の上にかく字はどれも身震いしてのたくり、ひとに読まれるのは嫌やという。

ほどよく暖かい浜の砂の上にころがって気もちよく体をのばしながら「殿様のくれたもちは?」と切りだすと、

「ああ、あれなら食べてしまいましたよ」とこともなげに兎声が応える。

ぴょんととびおきて、

「ひどいよ!」

と叫んだ。

「おいしかった?」「はい」「ちくしょう。あれおれのもちなのに」「すず、あれはもちではありませんよ」「じゃあ、なに?」「カステラ」「かすてら?」

海から流れよるものと海へ流すものとがあって、漂着するのはたいていが御神体かそれに準ずるもの。エビス様、デクサマ、コマイヌ、大黒様、観音様、サメ、クジラ、水死体。水死体があがれば豊漁の先ぶれ。流すものは災禍。虫おくりもしたし、子どものほうそうよけの赤い紙や赤刷りの絵本、玩具、赤い面、赤い装束も流した。そういうもののなかには波間をただようううちに罪が消えてもどってくるものもある。浜で寝そべって字をかいているといきなり海が噴いて、わたしは飛びおきた。太く白い水柱が空にむかって立ち、波間にぬっと丸い頭がでて度肝をぬかれる。でかい。大きさのせいか笑っちゃうようなおかしさがあるけどそれがぬるりとした質感の赤だったのでヤバイ、と反射的に思った。海の上に黒雲がどんどんあつまって生ぐさくぬるい風が沖から吹いて肌があわだった。吹く風にあわせ大きなまっかなぼうず頭が、ぐらーり、ぐらーり、ゆれる。酔ったみたいに心地が悪くなって胃に手をあてると固かった。「兎声」

兎声は目をうすくひらき眉をあげいぶかしげにひとみをこらし、

「おっ」

と言う。

「あれなに？」

「象です」

象ってなに。おれは知らない。でもこいつが普通の海のいきものじゃないことは肌の感触でわかる。胴体の大きさが納屋くらいあってひげがピンピン生えていて硬くて長い歯がのぞく。涙ぐんだような小さな赤い目がぎょろっとこっちをみた。

「兎声も、逃げたほうが、ええよー」

わたしはすでに逃げていて遠くから叫ぶ。その声をまるで無視した兎声がすたすた波うちぎわによるのがみえる。象は怒ってまたドッと潮を吹いた。しぶきは鶏卵ほどもある。重そうな銀の雨になって浜にぼたぼたふりそそぐ。あたったら痛そうだと思い、ひやっと肩をすくめる。潮を吹く、ということは、象はくじらの一種なんかもしれん。

まもなく兎声が歓待の準備をはじめ、ちょっとわけがわからなくなる。こんなまがまがしいまっかなお客様はすぐに帰ってもらうにかぎるのに。わたしはさっきから骨のなかが氷のようで頭も内側からガンガンと叩かれているみたいに痛い。象のせいやなと思う。あるところでなにかがカチリとあう気配がし蓄音機を通したようなプツ、プツ、とざらついた音がして間もなく、三味線の伴奏がはじまった。

アァーッ。

アァーッ。

聞こえてきたのは女の声で、なんだかエロい。兎声はもう踊りはじめていて、手のふりにあわせて小さい足が前にすすみ後ろにさがりする。

アァーッ。

アァーッ。

象の赤色が褪《あ》せはじめあらためておどろく。象はちょっとずつ小さくなる。兎声は足をすべらせてにこにこしながら舞っている。海上の黒い雲の集合がきれて晴れ間がのぞきそこから光の手がのびて指先で波にそっと触れた。ア、もう大丈夫かも。みているわたしの足の裏が、とん、と拍子を打つ。いつのまにか、二日酔いの朝に水を飲んだようなよい心もちになっている。

象は波間にゆれる小さな一点になりもう怒って潮を吹くこともない。海をたゆたってついに打ちあがるそいつを波打ち際まで走っていってけりとばそうと足をふりあげる。

「止めなさい」

兎声が静かに言う。

「なんで？」

しりもちをついた。その姿のままうたがい深くみあげる。兎声が象をひろう。もうそんなサイズになっている。しかも帽子に変わっている。やあ、と兎声は帽子にあいさつした。

「みちがえましたねえ」

兎声は鳥打帽の水を切ると、濡れるのもかまわずつばに手をかけて深くかぶった。

「どうですか」とにっこりする。

「うーん、よう似合うわ」思わず言った。

「そうですか」

兎声は楽しそうだ。くっくと笑う。

「でもその帽子、なになん？」

兎声は、わたしにこの帽子の来歴を語ってくれる。

まずこの帽子は名を忠次郎といい、元ばんどり党で騒動をおこした農民らの大将だ。忠次郎と農民一万は大飢饉がおそった年に忠次郎大明神というむしろ旗をかかげホラ貝をふきならし、カネを鳴らし、太鼓を打って村の資産家の屋敷へ襲撃をかけた。おしよせたそのままのいきおいで飯炊き婆に飯を炊かせ、飯を食い、酒樽の封をきって飯椀であおり、着物を焼き蔵のものも焼きアンネやオカカを追いかけていって柔らかい畑の土の上でかわるがわる犯すなどした。屋敷に火をはなち、全部で五十九軒もの屋敷を焼いた。

忠次郎のイチの警護は村の力士だ。力士はまっしろに肥って大きなもちみたい。農民も力士も「藩兵は撃たん」という忠次郎の言葉を信じてすすんだ。忠次郎は男衆のかつぐ神輿にのって出陣した。忠次郎の言葉はよくきいて勇気も百倍はでる。いざ藩兵が撃ってくるとみんな印のばんどりをうちすててちりぢりに逃げだした。いちばん最初に逃げたのはあの力士。忠次郎は足は速かったけど、神輿にのっていたせいで逃げおくれた。担ぎ手はもちろんとっくに逃げている。忠次郎は藩兵に捕らえられ型どおり金沢へ護送され二年後に斬首となった。

そもそも忠次郎は村のものではない。村の年より連が旅のもの、走り百姓だった忠次郎を捕まえ泣きおとし担ぎあげ、清水堂下河原の大決起集会のときにも裏ですべてのおぜんだてをした。勝負がつくと村はむしろ忠次郎に冷淡だった。忠次郎より村の連中のほうが一枚上手だったということ。忠次郎は洒落者でいつも鳥打帽をかぶっていた。長身、色白、眉秀いで、目元涼しげな町内一の好男子。わたしは兎声の言うことならなんでも信じる。

「すず、エス来たよ、もうお帰り」

兎声が言う。ふりむくと山の端は暗くなり山頂のあたりにひとつ星が光っている。

物心ついたときから家には荷役犬がいた。犬は馬より安いとはいえそれでも高い。牛や馬は一生に一度の買いものだけど犬は一生に二度三度の買いもの。仔犬は夏に予約をする。次の年の春、ジョーキで北海道からタラや米肥といっしょに母犬ぐるみはこばれてくる。犬種はポインターやセパード、カワフト犬、雑種。どこの家でもすぐバンドをかける。なれさせるためだ。

母は犬の名前のためにわざわざ頭を悩ませるつもりはなかったらしく犬は代々エスという名前だった。どの犬もかしこくてよくなついた。米屋で搔いた米を浜の倉まではこべば一俵で二銭五厘。女たちは犬と力をあわせて二十俵から引く。わたしはたまにエスの背に乗ったが一匹とひとりの間には犬の方でしょうがねえから乗せてやるかという雰囲気がある。エスの気がむかないとわたしは背からふりおとされる。

母は犬にあごをしゃくって合図をおくり外へ出て行こうとした。母には絶対服従のエスだがするどいケモノの勘が働くのかこのときだけはいやがる。しかしこんな時間にどこへ行くのか。

「くんれん」

と母は応える。エスはあたふたにげだそうとしたが「カアッ」という母のひと声でこおりつく。一体どんな術を使ったのか。ひとり家にのこされたわたしはこの術を習得しようと部屋のうすくらがりにむかってカアッ、カアーッ、と気合をいれるけれどしばらく続けると酸素不足で頭がくらくらして物の輪郭《りんかく》が光ってみえだすから止める。母と犬が帰ってくる。母の両腕はかみ傷でまっかに染まりエスはびっこを引いている。わたしは目を丸くする。

はたして荷役犬にそこまでの訓練が必要なのだろうか。

母が犬にほどこす野性のものをならしおさえこむのが「くんれん」だとしたら、母は同時に「くんれん」を自分にもほどこしていたのかもしれない。「くんれん」のあとの母の大きなからだをつつむ穏やかなほてり。ひとは哀しい気もちも悔しい気もちも軽く出かけて誰かとしゃべったりあちこち見聞きすればいつの間にか落としているものだと思うが、母はそういう激しいことをしないと落ちないような粘っこいものを抱えていたのかもしれない。

母は戸をきっちり閉めて土間でエスに食わせる。エスに飯をやるところを近所の人にはみられたくない。荷役犬を使う家はみんなこうだと思う。おからや大根を混ぜているとはいえどんぶり飯一杯を犬に食わせているのは気まずかった。でもエスを食わさなければ生きていけなかったし、だいたいわたしも母もエスよりいいものは食ってない。わたしはゾロばかり。灰色のゾロはどろりとして鍋の中でクツクツと煮えて光をすいこみひどくまずい。母はたまに食わなかったが母には母なりの理屈があり、飯を食わなくてもわたしのためなら三日くらいは走れるだろうという。しかしエスは、エスがどれだけ賢くても食わなければ走れない。エスは一食抜かせば一食抜かした分の働きしかできない。

夕飯を済ませたころ家の外から声がかかった。「おかか、いかっしゃんか、いかっしゃんか」母はぬっと立ち部屋のすみから雨よけの笠をとってきてすずの頭にかぶせる。あご紐を結ぶ母に、どっかいくん？　とたずねると、

「米屋」

と返事が返ってきた。

母自身は大きな古いばんどりを着る。小雨のふる夜の闇にわたしは犬の背に乗ってでていく。共同井戸のところがほんのり明るく、女仲仕が集まっている。全員揃《そろ》うとめいめいがもってきた灯りをさげて女仲仕は歩きだす。白岩川の雨水にゆれる川面に提灯の灯がうつる。橋をわたってついたのは一軒の米商。店先にはもう別の女たちがいてよくみれば吉じょなのお婆がまとめる女仲仕たちにとむよんさのお婆がまとめる女仲仕たちだ。女たちは灯をふきけした。

「米をジョーキに積んでもらわれん。米を旅に出してもらわれん」

くちぐちに叫んでいる。わたしは首をかしげる。雨が止んだので笠を頭からむしりとった。米商はしとみ戸をおろし店先はひっそりとして暗い。やがて前の方でどよめきがおこり「番頭、番頭」という口伝えのささやきがした。猫背の男が一段高いところにでてきてじろっと女たちを見わたす。ア、これが「ばんとう」か。今夜はこのひとにあいにきたのか、それにしてはどうってことのない、むしろ貧相な男、こんなつまらない男にあいたくてみんなわざわざやってきたのか。そう思ってまわりの女たちの顔をうかがうがどの顔も殺気立っている。番頭が提灯を高くかかげると暗闇にかたまった女たちは悲鳴を上げてじりっと下がった。顔に降りかかる水滴を手で拭ってから番頭はとぼけた口を利いた。

「お婆らち、こんな雨の夜に、そろってどうしたがいね」

「頼みたいことがあって来たんちゃ。米をジョーキに積まんでくれんか。米をジョーキに積んで旅に出したら、また値が高なるから」ととむよんさのお婆の低いしわがれ声が応える。

このあたりの米は出袋《しゅったい》さんの手でムシロにつめられ、浜の倉庫に集められ仲仕の背中にのり、ハシケをわたって沖で停泊するジョーキの腹につめこまれ遠い船旅に出る。米をジョーキに積んでヨソへ出す、このあたりの米の流通量がさがる、その結果値がはねあがる、というのが女たちの考えだった。集まった女たちのほぼ全員が仲仕仕事に関係していて、自分たちはひと口も食えない米を毎日毎日大量にジョーキへ運びいれるから荷主の米商に対する反感は高まっていた。この年の米の値の上がりかたはちょっと異常だった、前の年と比べても同じだけの米を買うのにちょうど二倍の金がいる。天井知らずで、二日にいっぺんの間隔でいまもあがりつづけている。わたしはそんな事情も知らず、コメの旅とは一体どんな旅なのだと無邪気に首をひねっていてどうしようもなかった。

「おやっさんだして」

番頭はフンと鼻を鳴らした。「――留守や」

侮辱の混じった応えに女たちの怒号が飛ぶとどこかの家で飼われている犬がつられて遠吠えをした。わけもわからず興奮したわたしがエスにまたがったまま叫ぶと「ほら、また熱がでるから」と母が小声でおさえる。

「ほんならおやっさんに伝えといてよ。何回でもくるから」

とむよんさのお婆の台詞でふたたび米屋にくる運命なのだと、すべては何回でもくりかえされる運命なのだとわかった。こんな面白いことなら何回でもしたい。その日の行動はそれだけで終わったけど、興奮と熱気に満ちたこの場にもっとこの身をさらしていたい。

浜へ続く道で、石垣を小さなへびが一生懸命はいのぼるのを見た。ア、夏も近いのかもしれん。

風は強くて乾いている。小さいへびは石の角々をきっちり曲がるからあみだくじみたい。とりとめなく考えていると目の前にじんきどのお婆がいて驚いた。じんきどのお婆もなぜかびっくりした顔をして「あんた、いまなんか言った？」とたずねる。わたしはなんのことだと首をかしげる。そうよね、あんたが口利くはずないよね、とじんきどのお婆は納得して、わたしのほほにほっそりした手をあてる。よく見るとじんきどのお婆は母やかんすけのお婆やとむよんさのお婆よりずっと若い。うわめになった目の白い部分が少しだけこわい。

「あんたもいったん？　昨日の夜、米商に」

ハイ、と元気にうなずくと、

「そんなんしてもだめでしょ。米の値段はさがらんでしょ」

と思いがけず強い口調の返事がかえってきた。息も出きずにいるとじんきどのお婆は手をあてたほほをやわらかくぶった。痛くはなかったがぶたれた場所が熱い。一体なにがおこったのか。呆然としているとじんきどのお婆はけらけらと笑い自分のこめかみの横をゆびでねじまわすようにする。

浜にいくと兎声は鳥打帽をまぶかにおろして寝ている。砂の上にかいてもしょうがないよ、すぐ波がさらってしまうよ。そんな声を無視して砂の上に腹ばいになってかく。

「熱心ですねえ」兎声がのんびり笑う。砂は乾いて温かい。くちびるについた砂粒をはらう。目をつぶると波音がする。

その日の夜もやっぱり「いかっしゃんか」と声がかかった。三叉路の井戸のところに女仲仕たちがひとりまたひとりとあつまってくる。子どもをつれた女仲仕も、女ふたりで手をつないでやってくる若い仲仕もいる。不良娘にでもなったみたいな気がするねとはしゃいでしまうけど、母は黙ってわたしの頭の上の笠の具合を直すだけ。今夜も小雨が降っている。それに出かける先はダンスホールでも若衆宿でもないしカフェーでもない。米問屋の店先ではいつもの番頭が出てきて「おやっさんは留守」とうんざり声で言う。みんながあいたい、声をききたいと思ってるのは番頭ではなく米問屋の社長らしいとわたしにもわかってきた。

だんだん雨が強くなり、家に飛びこんだとたんどしゃぶりになった。板屋根を叩く雨音は激しくそこにかみなりの音が混じる。最初にパリパリパリと夜の闇を裂く音がひびいて、次に家の外が昼間のようにパッと明るくなり音が全部吸い込まれる真空の時間がきて最後に重い地ひびきが家ぜんたいをゆらす。ふすまや障子がカタカタと鳴る。合間に母の低いいびきがきこえる。自然のくりだす合奏曲をきいていると音がだんだん遠ざかって気がつくと朝がきていた。

朝、ぬかるみをよけて歩くわたしの後からエスがついてくる。仲仕の組合は今日からストライキをしている。いつもなら米を満載した車がガラガラ音をたてて走っていく白岩川沿いの道もきっと静かだろう。エスはせっかく仕事が休みなのに子どものおもりか、とつまらなく思っているかもしれない。連れだって浜におりた。浜も静かだった。誰もいない。兎声もストライキだろうか。まぶしい水平線に視線をむけると沖にはジョーキの黒い影、そのまわりに浮かぶイカ釣り船の白い帆がみえる。

町内一の好男子だった父は正真正銘のろくでなしでまったく働かずおれが生まれる前に死んだ。ひとの評価とは妙なもので家をきりもりする母の評判は父の評判が落ちるほど高まり、ばくちの札がぱたぱた返るようによくなったという。口の重い性格がかえってよくとられたし、かわいた大きな手と固いかかとは勤勉さの証。田が質流れして母は仲仕仕事をはじめた。すぐとりまとめ役となったのは母の人並みはずれて大きい身体、怪力、鳥のような顔つきや馬のような目、という要素が大きいだろう。鰯肥の俵、一俵が十四、五貫あるのを二段担ぎ、三段担ぎにして運ぶような力の強いひとで女仲仕はもちろんのこと男仲仕のなかにだってそんなひとはいない。

新政府がたち国の仕組みが一変したあと世界の風が吹いてきた。天子様は人心の安定と統一のため旅にでて国々をくまなくまわっている。母は母の母のおなかにいてそれを見た。道を六里にわたってはき清め、しめ縄をはりめぐらし提灯をつるし正装をし、村人は道端にムシロをひらたくしきひしめきあって座ってとうとうおむかえした。母の母が拝んだという天子様は千の馬に千の従者を連れ馬はそのたてがみに小さな鈴をどっさりとつけて可愛らしい音色をひびかせた。やはりそういう馬は毛なみがすばらしくよく足はこびにも品があり従者は金モールのついたそろいの洋装。天子様はというと四頭の馬に引かせたなかがビロードの馬車に乗っておられ白いお顔がちらりとだがまちがいなくみえたという。

母が見たのならおれも母の母のおなかにいてそれを見たのかというとそうではない。おれは見てないけど母がよく話してくれるので見たような気はする。でもときどき、天子様はおれのところにくる、とここまでかいてわたしは砂の上にぱたっとふせた。エスが片目を薄くあけてこちらを見るが、もたげた頭をすぐ前脚に埋めてフーッとため息をつく。このあたりのひとも犬も馬もみんな睡眠が生じなければならないときにはいつでも寝ることができる。おれも寝ようかな。でも眠る犬を眺めているとわたしはなぜか逆に冴えてくる。

そのころ兎声は若林の二階にいた。若林の二階の部屋を兎声は数年前から間借りしている。同じ部屋にとむよんさのお婆がまとめる女仲仕らと吉じょなのお婆のまとめる女仲仕らと母のまとめる女仲仕らもいる。数時間前、朝日にほほをぴかぴかと光らせた女仲仕たちはいつもの三叉路のところに集まった。路上のたまり水に夏空と低い声であいさつをかわしあう女たちが映る。昨夜の雨のおかげで緑もさえざえとして美しい。女たちは若林へ行き、あたりまえの顔をして二階へあがると雨戸をからりと開けふすまを開け二階の二間をひとつづきにし、兎声の家財道具をさっぱりと寄せて端からつめて座った。海へ抜ける風がすずしい。部屋のなかはほの暗く女たちのおさえた話し声がひたひたと満ちる。兎声が早朝の散歩から帰宅すると物音を聞きつけた女たちはぴたりと口を閉ざした。兎声は女仲仕たちがそろっているのをみて、まず、

「やっ」

と言った。当惑した顔で黙りこみ、ややあって「エー」と言い、また黙り、女たちがひざをのりだすと頭をかき、座り、不意にたちあがってまた座った。

「先生、コメの値段はさがりますか、あがりますか」

とむよんさのお婆がぴしりとひざを打ってたずねる。兎声の後ろの小机には紙と筆と紐で綴《と》じ

た帳面が何冊か積んである。兎声は腕ぐみをして座り、ウーン、とうなる。そのまま三時間がすぎる。

次からはわたしも母に連れられていく。若林の二階で「先生、米の値はさがりますか、あがりますか」と女仲仕たちがたずねると兎声がウーンとうなり出し母がまず焦れて席をたつ。すると母のまとめる女仲仕らもざっと席をたち女たちは母を先頭に糸のかたまりがほぐれるように一列になってするすると階下におりる。

「あのっさんな」と言う吉じょなのお婆の声には力がある。

「怒ったんじゃないが。ただせっかちながいちゃ。先生、悪くとられんように」

兎声は「メエー、メエー」と鳴きへへっと笑ってからだをゆする。ばかみたい。家主である若林のアンサマが階段から顔を出し大きな立派な顔ぜんたいを湯あがりの色にそめて、

「いいかげんに、解散！」

と怒鳴った。女たちはアンサマを無視し兎声はおろおろわびる。

十時くらいにドンが鳴ってジョーキの入港を知らせると女たちは仕事にいくために立ち上がる。とむよんさのお婆が「すずちゃーん、みはっとってよー」と言いわたしは、ハーイ、と元気に返事をする。女たちが仕事に出かけたあといやに広々としてみえる二階の部屋で兎声ははじめて気がつき「あれー、来てたの」と言う。緊張の抜けたかわいい笑顔だ。わたしは「先生、先生」と大人たちのまねをして呼びかけてからかう。

「今年の米はどうやろうか先生。暑ければ豊作やろうか、米の値はもうすぐさがるんやろうか」兎声はいやな顔をする。「予言しないの」と訊くと眉根をぎゅっとしめた。「自分でわからんの」「そう、そう」兎声は畳の上をクモがゆっくり歩いているのに気をとられる。「でかいぞ、でかいぞ」とわくわくしている。「あんなことしても無駄なんだよ」家の天井にちらりと目をやって若林のアンサマが言う。母たちが二階の部屋で兎声の予言をまつ間、わたしは家主の若林のアンサマと階下にいて腰かけに座っている。ときどき天井がみしりと音をたてアンサマはそのたび恐ろしそうに肩をすくめる。家の表でエスが眠っていてすすりあげるようないびきが聞こえてくる。

「政府は出兵する気でいるんだ。米が沢山いる。米屋はそれをかぎつけて、米価がじき高騰するだろうとみこんで売りおしみしてためこんでいる。だからきみのお母さんやほかの女仲仕たちが米屋にかけあっても米の値段はさがらない。それよりも、おれは家の天井が抜けてしまわないか心配だ」

わたしは氷菓子を食べていた。アンサマが氷屋から取ってくれた。さじでシャリシャリとした氷片の固い山を突き崩し甘い蜜と一緒に口に運ぶ。「うまいか」と訊かれると熱心にうなずいた。ありがとうございます。

「都会にいけば、もっとおいしいものがあるよ」

アンサマは気の無い調子で言った。早稲田に行ったがノイローゼになってクビになって帰ってきたという。早稲田というのは知らないが病気のアンサマをほうりだすのだから悪い会社に決まっている。実家は金持ちで親は帰ってきた息子に浜町の家をもたせ独立させた。自分用に取ったラムネを飲みほし今はじめて気がついたという顔で「きみ、ここら辺の子にしては色も白いし手足もすらっとしてるね」と言う。

そうだそうだとわたしは調子よくうなずいた。おれは波に運ばれ風に吹きよせられてきたのだ。またひと口、甘い氷を口へ運び舌のうえで溶かす。アンサマは薄い笑みを浮かべる。

「責め絵の、モデルにでもしたらよさそうだな」

はいはいそうですそうですとわたしは同意する。アンサマはははははと笑った。めがねを外しハンカチで曇ったレンズを拭くこの男と二年後に深いかかわりができるとはこのときは思いもしなかった。

しとしとと降る夕暮れがきて雲におおわれた月のない暗い夜になる。晩飯の後で母はぶるっとひとつ身ぶるいをした。母は雨よけに古いばんどりを身につける。わたしはその様子を寝床から見る。おかあさん、おれは？　おれは行かんの？

「すずは留守番してなさい。雨だから」ばんどり姿の母はふりむきもせず出ていく。一瞬雨音が高くなり母が後ろ手で戸をしめると静まった。今夜も米問屋との交渉だ。土間からエスのいびきが聞こえる。うとうとしながらわたしは考えた。旅といってもいろいろな旅がある。天子様の旅、二度とは戻らない旅、行先を自分で決められない旅、帰宅してみれば信じられないくらいの時間が過ぎていてあなたはもう元のあなたではない旅。さて米は、どんな旅をするのだろう。

母とエスが浜までむかえにくる。母はぜったいに浜にはおりず代わりにエスを寄こす。わたしは兎声にさよならをいってかけていく。土手の上に立ち、太い腕を組みきびしい視線でこちらを見下ろす母。その目は、

「こいつはゆだんのならない奴だ」

といっているようにも見える。兎声はたぶん気づいていないのだろうが無邪気に手なんかふっている。

米問屋に寄っていくよと母が言う。門柱の立派な屋敷につくと「番頭にみつかるとうるさいから」と店の方ではなく裏にまわり勝手口の戸をゆっくり三度叩く。また三度叩くとなじみの出袋さんが顔を出す。屋敷をぐるっと取り囲む白壁の上に青い松の木がのぞいている。米を掻く水車の、こっとん、こっとん、というのどかな音もする。米を掻いたときに出るくず米を母は男から買う。夜の米問屋通いについて男が軽口を叩くが母は黙っている。家に帰ると鉄鍋に湯を沸かしくず米を片手ににぎって、すこしずつ熱湯にふり落としふたをしてしばらく煮る。吹かないように気をつけて、ときどき鍋のふたを開けしゃもじでよく混ぜる。ねばりがでて灰色のクリーム状になったらできあがり。ゾロを食べおわったころ外から声がかかった。

「おかか、いかっしゃんか、いかっしゃんか」

米問屋側はまた番頭が出る。米を旅に、ととむよんさのお婆が大声でよばわったところで番頭は舌打ちをする。侮蔑の混じった口調で「米が喰えんかったら、じゃがたらくうとれ」と言うので女たちはざわめいたが、わたしのこめかみにもカッと血がかけのぼる。連れて来たエスを番頭

にけしかけようとするとむよんさのお婆が気がついて止めた。番頭はのどの細い四十がらみの男でエスが噛みつけばひとたまりもないだろう。じゃがいもは火を通すとぽくぽくしてのどを通るとき急にかさばって窒息しそうになるし、中和する飲みものがいる。苦手なじゃがいもをこの男はおれに食べろとすすめるのか、と思った。女たちの怒気はふくらみしだいに騒ぎが大きくなるなかで、吉じょなのお婆はわたしの袖をぎゅっとつかんだ。低いあたりをはばかる声で「すずちゃーん、こらえとってよー」とおがむようにする。エスは宙を二度三度、カラがみする。喰いつかれれば番頭は死ぬだろう。

死ぬといえば子どもは疫病だけじゃなくて事故でも死ぬし暑さ寒さでも死ぬ。しばしば死ぬ。母はふたり子どもを産んでわたしは三女みたいなもの。姉ふたりは大人になる前に死んだ。長女ははいずりはじめたばかりのころ母が冷たい泥田んぼにあばらまで浸かって半分凍りながら泳ぐように田仕事をしているとき、どういうわけかあぜに置いたつづらをでてツブツキみたいに街道まではっていった。結構な距離だがこの姉には根性があったらしい。そこへ魚津からあいでんを結ぶぺーポー馬車が通りかかり、ぎょ者は真鍮のラッパを唇にあてぺーッ、とか、ポーッ、とか吹き鳴らした。あいにく道のまんなかにはいでた赤んぼうに注意をはらう大人はなく、次に馬のたづなを力いっぱい引いたが間にあわず、四つの鉄の車輪が姉をまっぷたつにした。乗客は悲鳴をあげ、ぎょ者は吐いた。次女は死んで生まれた。

「最初の娘が死んだときも次の娘が死んだときも浜にいった」と母が言う。

浜？　なんで？　だっておかあさん、浜に近よらんでしょ。

「わからない。でももう、昔の話だから」母は頭をかかえる。

次女の葬式をだして間もなく父は若衆宿からぐでんぐでんに酔っぱらってばくち仲間にかつがれて帰った。父が大きないびきをかいて寝ると母は当時のエスをつれ家を出た。浜におりると月あかりで浜は昼間のように明るく、海には潮の道がついていた。小さなカニがエスを見て砂浜に穴をほってにげる。母は次の子どもを授けてくれとこめかみが痛くなるほど祈った。そのあと父は死に十月十日経ってわたしが産まれた。あのー、浜に、兎声はおったのかしら、とわたしは尋ねる。

「夫が死んだときろくでなしだったから正直ほっとしたけど、もう子どもができないと思うとそれだけが辛かった……」
エ、でも、拾い子か、もらい子すれば、と言いかけたがよく働くけれども変わりものの母のところに子どもを寄こすひとはいないかもしれない。子どももそう都合よく落ちてはいないだろう。母はヨモギを干したのを吸いながらそわそわしている。甘ったるいにおいのヨモギ煙草を囲炉裏にすて、ああああ、とうなるがこれは具合の悪くなる前兆だ。興奮した母は部屋のなかを行ったり来たりする。あたしは欲が深いのだろうかと声をしぼる。わたしはその嘆きぶりをみながら辛い。母は目をみはり髪をかきむしり床板をはがすいきおいで爪をたて爪がわれて血が流れる。ウアーッ、ウアーッ、と叫ぶと戸口で寝ていたエスがおもたい頭をあげる。きりきりきりと歯ぎしりが聞こえる。
わたしは布団を頭から被り自分がただひとりであることを恥じる。おれは一体なぜひとりなのか。おれがおれの群れのなかにいて例えば八人も九人もおれがいればいいのに。もしおれがひとり欠けてもここにおれの代わりのおれがいますと叫んで母の恐怖をやわらげることができたらいいのに。おれはなぜ群れじゃないのか。わたしは次の瞬間、布団をはねのけて立っていた。ぐらりとゆれてバランスをくずして片手をつく。囲炉裏端にいて手に顔を埋めている母が、ズ、ズ、ズ、とすべっていく。すべっていく母が地平線の向こう側へ落っこちそうになるのを見て、ア、と手を伸ばした。のばした手の先から逃れるようにすべっていく。おかあさん。涙がこぼれそうになったが母は別の地平から月のようにのぼった。月のはなつ光であたりはひるまのように輝く。でも輝きは次第にさめてしまう。

次の日、母はエスをひょいともちあげて首まきみたいにまいてのし歩いて帰ってきた。夕飯を食べながら母は珍しく饒舌だった。「三角形の下の方に動物や人間がいてその上には天使や神がおわす。そんな救世軍の話はいまひとつ信じきれないが、やはり犬とひととは仲間なのかもしれない。仕事で走ったり訓練をほどこしたりしていると、たまに犬の魂が流れこんでくるね」

囲炉裏端に座って煙草の葉は二、乾かしたヨモギは八の割合で混ぜ細く紙にまいてうまそうに吸う。「いかっしゃんか」と外から声がかかると母は勢いよく立ち上がり古いばんどりを身につけ支度をする。わたしは土間のエスを呼んだが、母は、

「すずは留守番してなさい」

と言った。

また？　と眉をひそめる。母と目が合う。母は口をもぐもぐさせるがそれは口の先まで出かかった言葉を反芻しているような感じだ。結局、

「雨だから」

とひとこと言って、もう母は風のように去っている。後ろ手にひき戸が閉まる刹那エスがするりと戸口を抜けた。ひとり残されたわたしは落胆のあまり不機嫌になってモノに当たり散らす。

女仲仕たちは町の中心に向かう白岩川に沿った道をのぼった。母が途中でそっと抜ける。古橋をわたらず手前で折れ、しとみ戸のおりた町家の並ぶ暗い通りを歩き途中からは走った。遠く浜町には何匹も犬がいて町家の軒下にもやっぱり雨を避ける犬がいる。犬の習性でいっしょになって走りだすのは自然なこと、それに母は若い女仲仕らをまとめていたから荷役犬のあいだでは顔だった。犬と母は合流し、母の合図で愉快げに吠えたてた。

アァーッ。

アァーッ。

それは、楽しい、楽しい、と言う意味だ。母にはこんな豊かな詩情もいたずらっぽさもあった。長年犬に調教をほどこしていたが調教したかのようにみせかけて実は代々のエスたちのからだに宿る野性を盗みとっていたのかもしれない。ただひたすらうれしく有頂天に母は浜へおり波うちぎわを走り砂に足をとられて転倒しすぐにおきあがってまた走る。砂は雨にぬれて締まっている。海鳴りがして波はさかまく。暗い海岸線の先に浮かぶそこだけぼうっと明るい新地をめざして走る。

新地にはいると通りのまんなかを行く。俥が急停車して引き手がばかやろうと叫び傘をさして道をゆく人がみんな歩みを止めて目を丸くして見えないものも見えるものも全部見ている。旅館や料亭の窓から顔がでる。東京楼までくるとごめんくださいましともいわずくぐり戸を抜けた。奥から女将がでてきてゆく手をふさぎ、「アーラ、なんぞお約束ですか」と柔らかいが一歩もひかない口調で問う。でも母の後ろについてのっそりはいってきた座高の高すぎる赤犬、肥ったカワフト犬、セパード、毛のふさふさした雑種をみてお歯黒の口をつぐんだ。ここまで走りとおした母の両肩からは湯気がたつよう。女将の脇をすり抜けて階段をあがると犬の群れはとととと、とついていく。つきあたりの戸障子を両手でとんとあけはなし犬の群れは消えてエス一匹だけになる。

奥座敷にはコメの仲買人と銀行と米問屋と米肥問屋がいて、場の主人が買い手と売り手の手をあわせ「しゃんしゃん」をしてちょうど米の買いつけ価がきまったところ。さしみと小魚のかんろ煮とアナゴずしの皿と酒の器が御膳にでている。電灯の下で内側の赤い塗の什器が光る。母が戸障子をあけると旦那衆はだまった。母は、

「米を旅にだしてもらわれん」

と言う。

男たちはぽかんと口を開けて母を見ている。ばんどり姿だったので、「ばんどり党だ」と年よりが頭に浮かんだことをそのまま口に出した。忠次郎どの。母と忠次郎の人生はここで重なりばんどりからは雨のしずくがしたたり落ちる。まぼろしの犬の群れが復活して御膳に寄りフンフン

においをかぐ。母は息を深くすい、もう一度、

「コメを旅にだしてもらわれん」

腹から声を出した。視界のすみでなにかが動き、母はすばやいが静かな動作でばんどりの下から銃をとりだす。銃は、家々をまわって鍋を貸す商売をしている男から買いとった。

母の撃った弾は黒がね御殿の殿様の左耳を吹き飛ばす。殿様の顔は血でエビ色にそまる。男たちは御膳をけちらしつまずいて逃げまわる。お願いです、殺さないでください。そんなことをくりかえしいいながら米の仲買人はふところからピストルをだす。乾いた発射音がしてエスが甲高い声で鳴く。母はふりかえり、

「ああエスや。おまえ撃たれたかい」

とかなしげに言った。母は仲買人も撃った。

母はひっぱられる間際に、すず、と言う。そういう話は後日ちゃんととどくべきところにとどくものでささやき声になって口伝えに伝わるが、これはもしかしたら犬たちのおかげかもしれない。犬たちがとどけてくれたのだろう。

この年母は帰ってこなくて結局、米の値もさがらなかった。米はどこでも高いらしく全国で米を求める暴動が起こったときく。母の仕事仲間が世話をやいてくれる。わたしや仲仕の女たち、浜のものは誰でも安い外米を食べたがこの米もまた旅に出た米、政府がごっそりかっさらってきたなどという話はずっとあとになって知ったことだ。

春のまだ浅い日、久しぶりに浜へでもおりて兎声と旧交をあたためようと思った。砂浜にでも

寝ころんだら少しは気が晴れるかもしれない。東井出町の若者らは離れた道端にたむろして煙草をふかしていたがわたしに気がつくとじりじりと距離をつめてきてア、と思ったがもうおそく、囲まれていた。ゆび一本ふれてはこなかったが一歩も動けず輪のなかからも逃げだせない。若者らの能面のような顔を見あげ、それからうつむいてにじりつぶされた煙草を見る。もう誰も「嬢ちゃん」と言わない。「浜にひとりで行ったらいけんよー」とも言わない。なにも言わない。ずいぶん長いことそうしていた気がする。ちょっとしたはずみでどうにかなりそうだった。ああ、こんなときエスがいれば。背後でなにかがびょうと吠えてふりむくととむよんさのお婆と吉じょなのお婆とじんきどのお婆だった。

ア、仕事の帰りなん？　と言うわたしを無視してお婆らは十三歳から成人前の若者らを怒鳴りつける。注意をそらし、わたしの手を引いてさっと輪のなかから連れだした。しばらく行くと立ち止まり、とむよんさのお婆が言いにくそうに、

「すずちゃん、あんた自分が罪人の子やいうていわれとるの、知っとるやろ」

と言う。

エ、とわたしは言った。

「ふわふわ、ふわふわ、出歩かれんが」と吉じょなのお婆はきまずそうに目をそらす。あんたのおかあはんはね、一生ぶんのお米をつみあげても返せんようなことしたんよ、と言って、じんきどのお婆がヒヒヒと笑う。そのたとえはわたしにもわかりやすかったが一生分のお米とは食べるほうかつくるほうか。それがどうしてもわからない。

なにかが起こった。母がもどってこない。このごろは隣近所も目をそらすし前のように声をかけてもこない。おかしい。ぴりぴりしてるし、とげとげしてるし。しばしば無視もされるので一部の人の目にはわたしの姿が見えなくなったのだ、知らぬ間に幽霊にでもなったのだ、と思いこんでいた。そんならおれはうらめしやよりこんにちはーと言ってるような、たのしい幽霊になろう。自分ではなく周囲がかわってしまったということに気づくにはとても時間がかかる。町内の湯屋にはなぜかはいれないので隣町まで行く。網をひいても仲間に入れてもらえないので浜から足がとおのく。道を歩けば石を投げられるし紙つぶても投げられるし手紙もくるが、手紙はわたしには読めない。それでも、そういう目にあうたび飲みこみにくい考えの大きなかたまりが小暗い脳裏をゆっくりとよぎっていくようだ。

ときどき誰かがこっそり食べ物を持ってきてくれる。空腹は自分をきたえるいい機会だと思ってみる。水を飲むとぬけた歯のあいだを水が流れ、水の流れはひと晩じゅうとまらない。

夜はあぶなくないように女仲仕らが順番に犬を貸してくれる。

あぶないって？

とわたしは首をかしげる。ひょっとして神かくしだろうか。

「神かくしより、怖いこともあるんよ」ととむよんさのお婆は言う。

「夜は戸にしんばり棒かけて、戸締りわすれんようにね」

うなずいた。ポインターやセパード、カワフト犬や雑種を借りた。犬がいれば、なにもこわいことはない。

「すずちゃん、おばちゃんの言うことちゃんと聞いとるん？　あんたのおかあさんの話やがいね」

　わたしはお婆に叱責されてにやにやするのを止める。小さい箱にはいった母の灰をひざに抱いてあがりかまちに腰をかけていた。母は一年と少し経ってとうとう帰って来た。とむよんさのお婆と吉じょなのお婆が離れた場所に立ってなにやら話しこんでいる。罪人はちょっとと坊主が口をにごし葬式を出せない。母の仲間の女仲仕たちが人目をしのびぱらぱらっと来てはお線香をあげる。家の戸口いっぱいに夕日がさしこんでいる。土間にはエスの茶碗が置きっぱなしで影の長くのびたところは秋の気配だ。二三日前からすすきがゆれて海の色は銅色になっている。とむよんさのお婆が妙な提案をする。

「あんたのおかあはんのやったことは、オバチャンらもやったことや、て、みんなに言おうと思うんよ」
　エ、とわたしは言う。
「おれたち全部一味やぞう、一味やぞう」

とむよんさのお婆の言葉に吉じょなのお婆が重々しくうなずく。わたしはとっさに、

「だめ」

と応える。声を出したのでお婆たちは驚いて口をぽかんとあけるがあんまり驚くのでわたしも口をあけた。ア、おれ、今までどうやって兎声や母とおしゃべりしていたのだろうと思う。自分では普通に話していた気もするし、相手にされなくてもこっちは子どもだからなにをいっても軽

くながされるのだ、そんな時期は誰にでもあるのだ、となっとくしていた気もする。そもそも通じていなかったのか。わたしさえはじめて聞く自分の声は、イントネーションふくめてなんだか妙なひびきだった。わたしはかたく目を閉じて考えをまとめた。お婆たちはいつでもおれに親身になってくれる、これもたぶんおれの孤立、暮らしにくさを見かねてなんとかしてやろうと思って言いだしたのかもしれない。

母の入った小箱をわきに置いてわたしはふいに立ちあがり、うおーんとひと声秋空にむかって吠える。

ひとばん寝て起きたら頭がカラになってわたしは大人になっていた。大人になったわたしに女の子なんだから「おれ」はおかしいよという忠告をしてくれたのがいまの夫。それでわたしは「わたし」という言葉を使いはじめた。歳なんて幻想、とそんなのはもう若くはないひとの妬みの吐かせるうそか負けおしみだと思っていたら本当でした。しみじみ思う。この魂は九つとか十のときにすでに充分に成熟していたと。この先は前進というよりも後退だ。わたしを雇ってくれる工場はどこにもない。どこへいっても母の事件をもちだされ、罪人の子はちょっと、と断られる。困っていると知りあいの若林のアンサマがハンカチ工場に口を利いてくれた。通いで仕事をはじめ一日十二時間、椅子に座って四人の女工のひとりとなって四方から台をかこみ一枚のハンカチに刺繡《ししゅう》し九十分ごとに二分間体操をする。工場ではいちばん歳が若く、女工仲間のおねえさんや現場監督に陰に陽にいじめられた。これではとてもやっていけないと思いハンカチ工場の仕事は辞めて荷引き仕事をはじめることにした。母の昔の仕事仲間に相談すると友情にあつい女仲仕たちはすぐに組合を紹介してくれた。最初から工場などと決めず仲仕仕事をすればよかった。そうしたら母のことでむだな陰口を叩かれずにすんだ。

仕事の初日、母の昔の仲仕仲間がこっそり家に集まった。手拭いを姉さまかぶりし、木綿縞のみじか着物にわらじを履いたわたし。とむよんさのお婆と吉じょなのお婆はつい涙ぐむ。

「苦労やねえ、こんなほそーい腕して荷い引いて」

お婆たちはわたしの二の腕をさする。でもわたしは子ども時代に病気をし抜いたせいか大人になったいまでは丈夫になっていてもう卒倒することもない。「平気、平気。車もゴムタイヤなっとるし」と応えたのはわたしじゃなくてじんきどのお婆だったけど。

母が仕事をはじめた時はまだ木か鉄の車だったというからたしかにそのころより格段に楽になっている。車の木組みや皮バンドやゴムタイヤをつたってつたわる、プツプツと小石をかんで走る感触がすきだった。刺繡仕事で細くなった腕も脚も自然と太くなる。口笛を吹いて犬を呼ぶ。手にいれたわたしのエスは赤犬。足のつき方に特徴がありやや末広がりで長いので仲仕仲間にはエビじゃクモじゃとからかわれている。足のせいで普通に歩いても飛んだりはねたりして陽気にみえる。

仕事の帰りエスをつれて大町通りによって揚げもの屋などをひやかす。自炊せず、稼いだ金も世間でいうほど貴重なものとは思えず、おいしいものも好きなのでぜんぶその日のうちに食べものと交換してしまった。小学校では間食禁止デーもあるし貯蓄の大切さもならうというが、おおくの不気味な習慣をおそわる学校になんかいかなくてほんとうによかった。大町通りに続々とできはじめていた総菜屋さんで仕事帰りの工女さんたちにまじって鶏ゴボウや菜の花のからし漬けや小芋とイカの煮つけを買う。

八百屋で梨をひとつ買った日、とむよんさのお婆と吉じょなのお婆が急に現れてゆく手をふさいだ。あっと思う間もなくしたたか打たれころがされ足蹴にされる。エスが吠えそこらを走りまわった。

「おにばばあ！」

とっさに叫んだら、「こらっ」と逆に叱られた。

「すずちゃん。あんた、ずーっとひとりで居って、おかあはんに悪いと思わんの。明日髪結いさんとこいって島田に結うといで」

ハハー、これは見合いだな。ぴんときた。

見合いといっても一方的見合いで女は見られるだけ。話にはきいていたけどこんな古風な見合いはつまらない、髪結いに島田娘がいるからそっとのぞいてみておいでと母親が言い男がものかげから女を見て気にいれば成立。世間のひとは母の件で白い目で見るしどんな理由でももう一方的に見られるのはうんざり。どうせなら見合って見合って、お互いの顔に穴があくほど顔がふきとぶほど見合ってみたいもの。それにしても村八分のわたしを嫁にもらいたい家はあるのか、と、そんなことをつらつら際限なく考え寝がえりをなんどもなんども打って一睡もせず朝をむかえると、当然ぐったり疲れていた。そのまま居留守をつかって昼まで寝ていたかったがお婆が「すずちゃん、朝！　朝！」と怒鳴って戸を叩くので寝ていられなかった。ふたりのお婆は足でエスを追いはらいわたしの両腕をつかんで大町通りにある髪結いさんのところにずるずる連行する。

「いまどき島田なんて珍しいですねぇ」「このっさんが逃げんように、ちょっこしみはらしてもらお」「母の方が上手ですからね、呼んできます」髪結いさんは奥にひっこむと急な幅のせまい階段に身を投げだして下から「おかあさん、おかあさん。きてくれる？　島田に結いたい娘さんがきてるのよ」と叫んだ。

寝不足からくる疲労でぼんやりしたまま大きな鏡の前に座る。髪結いのおばあさんはびっくりするほど歳をとって小さい。髪をすいてもらうと気もちがいい。かたいわたしの髪は櫛を通したことがないからもつれにもつれている。おばあさんは汗みずくになって髪をすく。油をぬる。はじめて化粧もした。くちびるをつきだすよう言われ鏡のなかの白塗り女にむかってケンカを売ると髪結いさんが筆の先で目のさめるような赤をぬる。

「ええやないの」

できあがりをみたとむよんさのお婆に吉じょなのお婆は満足そうだ。髪結いのおばあさんは手ぬぐいで汗をぬぐいキセル煙草に火をつける。演じるべき劇がすでにあるけどその役まわりを演じるかどうか迷う。だいいち台詞も頭にはいってないし、と頭をかいたらすずちゃん結い髪がくずれる、と叱られた。肩のあたりに視線を感じ、ア、助かったと礼儀を忘れてふりむいた。

「こらっ」

声が飛んできたがそんなのかまわない。戸口を見るとのぞいているのはなんと若林のアンサマだ。アンサマはわたしの視線に気がつくと黙っておじぎをした。

見合いの席には前例のないことだとお婆たちはにがい口調で言うが島田に結ったわたしと若林のアンサマは肩を並べて歩きだす。他にいくところもないので浜におりた。エスが遊びながらついてくる。「アンサマ、ハンカチ工場に世話してもらって以来やね」とわたしが言うとアンサマはハンカチを胸ポケットからだし汗をぬぐった。

「そのハンカチはもしかして、わたしがつくったハンカチですか」

若林のアンサマはうわの空で返事をしなかった。鳥の群れが高い秋の空をわたっていく。強い風が吹いて砂をまきあげ沖には煙のようにかすむジョーキの姿がある。エスはカニをじっくり観察している。薄茶色の小さなカニがさかんにふる片方のはさみ。しゃがんで並んでいっしょに見つめていると昨夜寝てないせいか眠気がきてちょっと寝た。頭上から、

「ぼくたち、友情結婚しないか」

とふってきて目が開いた。

「きみのようなひとをずっと探していた。ふたりでおかあさんの遺志を受けつごう」

友情結婚ってなんだろう。アンサマによると愛情の火による結びつきははげしい、はげしいぶん一瞬で燃えつきてしまい長くはつづかないそうだ。しかし友情の火であれば長く燃えつづけるから友情結婚はすばらしい。ひとつ疑問があった。アンサマは手をさしだしてわたしをひっぱりあげた。

「わたしたち、一度でも友だちだったことがありましたっけ」

「これから仲良くすればいいんだよ」

アンサマはわたしを抱きよせる。くどくどと話し続ける口から「革命」とか「労働者」とかいう言葉がとびだす。求婚にはふさわしくない話題のような気もする。でも、友情結婚を目指すカップルにとっては自然なことかもしれない。愛でむすびつく代わりに何か別のものでむすびつく、それは「革命」という名前の夢。でもその夢はわたしの母とどんな関係があるのか。それがどうしてもわからない。

一九二一年秋、とむよんさのお婆と吉じょなのお婆を浜納屋によんで祝言をあげた。アンサマの両親はアンサマとわたしの結婚に反対していたので顔をださなかった。お婆ふたりは仲人でもある。家で午後のご馳走を食べるだけの簡素な式だったけどじんきどのお婆が「わたしも呼ばれたかった」と歯がみしていたと後になってひとから聞き、ひとことといってくれれば呼んだのにと思った。浜納屋からアンサマの家に嫁に行く。エスにひかれて嫁にいったわたしは十四の末。夫になる若林のアンサマは少なくとも二十は年上だった。結婚するとどういうわけか母がらみのいやがらせがぱたっと止んだ。みんなはまた、元の通りわたしをなかまにいれてやると決めたのだろうか。それまでわたしの体には母の娘である印がついていて、その印めがけて棒きれでも竹きれでもとんできたものだったが、いつのまにか消えたらしい。

わたしとアンサマは二階の部屋を兎声が借りていたあの浜町の家に住む。兎声はもういない。ある日出て行ってそれきりなのだとアンサマは言うが浜にでも呑みこまれてしまったのではないかと思う。何年かに一度は浜に呑まれて消えうせる男や女や動物がいるもので、兎声は場をはっていたからだいじょうぶだと思っていたがゆだんしたのかもしれない。わたしは浜にむかって手を合わせ頭をたれた。

アンサマは「夫」と呼ばれるようになり夫は親の家から仕送りをうけている。夫は昼間、ロシア語を勉強した。ロシア語の勉強にあきると英語を勉強した。英語の勉強にあきるとエスペラントに手をだした。それにもあきるとイタリア語を勉強した。やがてイタリア語もほうりだしフランス語をはじめた。あきっぽい夫はどれも初歩のままで終わったがわたしははたで見ていて少しは覚えた。

「きみは言葉の勘がいい。小学校も出てないのになかなかかしこい」

夫の賞賛の言葉の下に嫉妬《しっと》とさげすみの海鳴りがひくくきこえる。でも聞きちがいかもしれない。「幼いころ、よく浜に遊びに出かけて、そこで砂の上に字を書いていました」「感心な子だ」夫は、社会のなかでは女は奴隷あつかいされていて無知でいるようにといわれるけどそんなことはないんだと言い、励まされてうれしくなって「誰にも読めない字、自分でも読めない字を、いつも書いていました」と応えると、今度はちょっと顔をくもらせた。

「それはおふで先とか、神がかりみたいなものかな」

「さあ——」

「よしよし。すずにはぼくが字を教えてやろう」

夫の東京の文通相手はよく警察につかまるが一回牢屋に入るごとにひとつ外国語を覚えて出るのだそうだ。感心なひとだ。家では夫が家事をしてわたしが外で働いた。男女は同権であるというのが夫の口癖だったから夫はまめに炊事洗濯をし、部屋はいつも清潔に片づいている。それまでわたしは犬と遊び歩くばかりで家事はぜんぜんしなかったから大いに助かった。

ロシア料理を夫が食べたいと言うので仕事の帰りにまちあわせ店に行くことにする。ちょうどジョーキが着いた日で金もあった。息をきらしてやってきたわたしを見ると夫はいやな顔をした。

「もうちょっと、身なりにかまったら?」

言うなりすたすた歩きだし、あとにのこされたわたしはぽかんと口をあける。エスをつれ、汗まみれのほつれ髪に袖なしのじゅばんにみじかい腰まきすがた。自分では自分の身なりについてなにか思ったりしないから、いわれてはじめてこういう恰好をしていることに気がついた。だからといって反省したりはせず、夫はなにをいってるんだろうといぶかしく思った。道ばたにはおろしたばかりの鰊肥や炭が山と積んである。米屋で搗いた米を銀行の倉へはこぶ仲仕の荷車がガラガラ音をたてて走っていく。浜へむかってゆっくりくだる往来を夫は逆にのぼり、道はわりあい混んでいてすれ違うどの人のほほも真横から照りつける西日を受けてぴかぴか光っている。行き交う人々のさざめきがするこんな夕暮れは誰の心も自然にはずむものだと考えていると、さっきからだまりこんでいた夫が口をひらいた。

「犬といっしょに主人の意のままに働く、きみ、これが人間の生活といえるか」

なんだかはきすてるような調子で驚いた。夫はなんてものを知らないんだろう、犬は高価な買い物だし大切にしなくてはならない、犬がいれば体も楽になるしそのうちいい相棒になる、犬がいるだけでなにも怖いことはない。

「犬といっしょに走るのはおもしろいですよ」

と言うと夫は鼻を鳴らした。そのニュアンスは読みとれなかった。料理屋で飴色のあまい瓶酒を飲んでいた夫が、

「ああ、きみのおかあさんの、暴力的な衝動はぼくにはよくわかる」

としみじみ言う。わたしは赤いかぶらのおいしいスープを飲んでいたが手をちょっととめ、

「犬と走っているると激してくる、そういう気持ちならわかります」と話をあわせた。夫は「ぼくはきみにまたハンカチ工場で働いてもらいたいと思っている。なぜ条件のいい工場の仕事をやめて肉体労働にもどってしまったんだい」とわたしに尋ねた。

店の娘さんが窓辺のランタンに火をいれる。ガラス窓の外は暮れ、夜風がでてきてカタカタと鳴る。酒に弱い夫はさじ二杯の酒でも陶然《とうぜん》とするのにコップに一杯も飲んでしまい顔がまっかだ。ぶなろーど！　ぶなろーど！　夫が怒鳴っている。ほほがぴくぴく痙攣《けいれん》する。大またでさっそうと店内をよこぎり、暗い街道をよこぎりむかいの店のしとみ戸に体あたりする。表で落ちついて前足をなめていたエスが驚いて立ちあがった。夫はとんだ狂犬だ。わたしはへりくだるような笑顔を見せて店のひとびとにあやまった。信玄袋に手をつっこんで金をつかみだし風のように会計をすませると荷車をかりた。車にのびた夫をのせ木枯らしの吹く暗い道をエスと引いて走って帰る。

夫は夜になるときまって具合が悪くなる。熱い友情の息をはいてべろべろとわたしの頬をなめる。それから衣服をすっかり脱ぎ、わたしにも着物を脱ぐように言う。はだかになったのがおも

しろくて笑うと、

「なにがおかしい」

とムッとする。

夫の手がわたしの右と左の胸を測りくらべる。胸をこねてついてこねてついて。夫はわたしの足首をつかんでもちあげひざをおりまげひっくり返しまたぱたんとひっくり返す。こうして夫は好みの幼妻をつくっている。でもわたしは昼間のはげしい労働でなかなか少女の鮮度をたもっていられない。仲仕仕事はほこりにまみれるし肌の色は黒くなるし腕も脚も太くなる。ひと夏で十歳も歳をとる。夫がなんども衝突してくるので体に穴もあきそうだ。

眠気は質量保存の法則に従っているから夫が眠くなるとわたしの目は冴えてくるが、逆に夫が冴えてくるとわたしはとても眠い。だんだん眠くなっていると「はじめてなのか」と夫がささやく。友情結婚のことをいっているにちがいない。心を開いて語りあう友人がほしかった。しかし考えてみると昔は浜に兎声もいたしし代々のエスもかたわらにいてくれた。わたしたちのあいだに流れた情にあえて名前をつけるなら友情。「兎声とエスが……」応えると夫はぎょっとして動きを止めた。

あくる日の夕方、仕事から帰ると部屋だけでなく居間に座っている夫まで妙に片付いてすっきりした顔をしている。

「どうしたの」

「家に絶縁状を送りつけてやった」

「エ」

なにしろ罪人の子なんてと結婚式にも顔をださなかった夫の親だ。おそるおそるわたしのせいかと尋ねると、

「いや。正業に就け、就け、とうるさいから」

当たり前だという顔で夫は応えた。

浜町の家は夫の親のもちものだったし夫が実家にたよりたくないというので、わたしたちは浜町の家を出ることにした。借りた町の家は大町通りのはずれにある。引っこした日は朝から水雪がふって寒かった。わたしは手まわり品をいれた行李と鍋釜とむしろに包んだ布団を車にのせて犬と引いた。あたらしい家は奥に長くて四畳半に六畳にお勝手がついている。水道はなく共同井戸も遠いので「どうしたらいいですか」とおとなりに訊きにいく。おとなりは魚屋で、おかみさんが水仕事でまっかにふくれた手をふきふき川水を汲みにいくのだと教えてくれた。船が川を一度でも通ってしまうと川の水は濁ってしまい表面はどんなに澄んでみえても口にふくめば泥くさい。そこで朝のまだ暗いうちにいくのだという。「ぼくは朝がよわいんだ」と夫が言った。わたしが手桶をさげて水を汲みにいく。エスも連れていく。深靴をはきばんどりをまき、笠をかぶって誰もまだ足跡をつけていないまっしろな雪の上にてんてんと足跡をつける。川の両岸は雪をあつくかぶり底を静かに流れる水は清い。月の明かりがあれば提灯は吹き消した。冬はよい仕事がなく夫の親からの仕送りも止まったので家計は苦しくなって年あけからは夫と性交ばかりしている。浜町と大町はどうということのない距離だが波音がきこえず静けさでかえって神経がとがる

のかわたしはしばらく不眠に悩んだ。

夫は外国の言葉も熱心に勉強したし東京のひとたちとも盛んに文通もしていたし、できたばかりの図書館でトルストイ、ゾラ、イプセン、ツルゲーネフを借りて読んでいた。寝ころんで読んでいた本から顔をあげて「あぁいう、夜襲的な運動はよくない」と言う。「性交の話?」と訊くと「ちがうちがう」とムッとする。「米問屋に押しかけたこと?」と言ったわたしはなかなかするどかった。「そうだ。あれでは強盗と同じだ」思わず「はあ」とうなずくと気をよくしたのか「労働者が革命の主人公になるには正々堂々とたたかわなくてはならない」とつづけた。「綱領がない、戦略がない、思想がない」なんのことかわからないが「ない」という言葉を夫が口に出すときは機嫌がわるいときだ。カネがない、職がない、食欲がない。思わず顔をしかめると夫がすりよって甘えた。動作も奇妙にしどけなく、「なあ、きみ、なんの話をしてるんだ。ぼくはいま、ロシアの労農政府についてしゃべってるんだよ」と湿った息をふきこみ耳をなめる。

また春がくるとジョーキも港にはいるようになった。ジョーキの腹からおろした魚肥を米肥会社の倉まで何往復もはこんだ。荷役仕事でつかれて帰ってくるとまだ夕飯が出来ていない。家のひき戸をあけた瞬間にかまどが冷たく土間もひえきっているのに気がつき、犬ともども落胆のあまりくずおれそうになる。夫は奥の四畳半で机にかがみこんだまま。墨をのんだようなまっくらな気もちで声をかけると夫はつと顔をあげ、

「この仕事だけはどうしても、なんとかしてやりあげたい。ちょっと待ってくれ」

と言う。

「仕事ですか」夫の仕事などきいたこともみたこともない。訊きかえすと、

「きみのお母さんのことを書いているのだ。この闘いをなんとかして世間に知らせたい。前から考えていたのだ」

よく意味がわからないながらも「母」ときくと胸があつくなり自動的に涙がでてきた。きっと腹が減っているせいだろう。

「河内十人斬りというだろう、こっちはそのむこうをはって十一人にしよう」

「エ」

「たしかパンがなければお菓子を食べればいいといったおひめさまがいたな。民衆はそれで怒って革命が起こったのだ」

「パンではないけど、米がないならじゃがたら食うとれと言った米問屋の番頭はおりました」

「そうそう、そういう話だよ」と夫はよろこんでにじりより長くなりそうな気配をよんだエスは土間からくーんと甘え鳴きして「腹がへっています」とアピールする。

「きみのようなひとをずっと探していたんだよ、ふたりでおかあさんの遺志を受けつごう」

と夫は言いわたしの手をとった。

夫が母の話を書くという話だったがよくよく訊いてみるとそのためにはまずわたしが夫に母の話をしてやらねばならないらしい。その晩、夢をみた。「おい起きろ」とゆりおこされて目を開けると暗闇にぼんやり浮かぶ白い夫の顔。「泣いていたぞ」夫が言う。涙はほほをつたい耳の穴にながれこんだ。母の出てくる夢を見るのは本当にひさしぶりだったのでとほうもなく懐かしく

胸がしめつけられた。あの、母の夢を、と言いかけたわたしをさえぎって「ウン、友達はどこにでもいるよ、すずが気がつかないだけで」と夫が言う。でも軽い調子もセリフもなんだか夫らしくもない、と思ったらやっぱり兎声だった。「おれたち全部が一味やぞう、おれたち全部が一味やぞう」とよせてかえす波のように兎声は言うがなつかしい声はだんだんとおくなる。

夫はこの話も気に入らない。

「幽霊話はひかえるように」

「幽霊なんて、出てきませんが」

夫は幽霊がこわいのだろうか。こわいのですかと訊くと「見えないはずのものが見えるとおそろしいだろう」と真顔で言う。でもそれならはじめから見えると思っていればいいしそうすればなにが見えてもおそろしくはない。

「実際に体験したことだけを教えてくれ」と夫は言う。わたしは母についてよく話すことができていると思っているが夫の意見はちがった。

「すず。嘘をつくのは止めなさい、妄想話も止めなさい」夫の意見をおしつけられることは多かったがなにをおしつけられているのかまるでわからない。

「あの占い師の名前がきみの口からでると、とたんに馬鹿話がはじまるからなあ」

「嫉妬かなあ」

「そんな言葉、どこでおぼえてきた」と夫は顔色をかえる。「ちがうちがう、革命的警戒心だ」

とむよんさのお婆と吉じょなのお婆にも夫は母の話を聞きにでかけていった。すぐ帰ってきて顔の色が黒くてきたない、家は小さいし掃除をしないからくさい、と文句を言う。わたしのあとをついてまわり、不潔だ下品だ惨めだ、歯を黒くするのも裾のみじかい着物も頭に布をまくのもふたりの夫がカムサッカ行の漁船に乗っているのも見苦しいと言う。

「こんなにも貧しかったという話を聞きたい。たとえば貧しさのあまり一家心中したという話はないのか」

数秒間かんがえて、「ないと思う」とわたしが応えると夫は残念がった。わたしはしみの出た鏡をふきうらがえしてまたふいた。うちではいよいよ金につまってこれはまな板がわり。夫が執筆や取材にいそがしいので最近はわたしも家事をしている。

「どうして母にこだわるんですか。みんなは母はひとごろしだといいますが」

「ひとはころしたが、道理もあった」夫はさしたる熱意もなくのっそりと言った。

「貧しいほうがいいですか」

「だって、金持ちは強盗する必要がないだろ」

家のなかにいると夫の執筆の邪魔になる。机の上の原稿をにらみ次に書きつける言葉を考えながら歯がみしている夫。勝ちたい、勝ちたい、と心の声がきこえてくる。夫が書きだすと家のなかは険悪な雰囲気になった。ここなら邪魔にならないのでいいだろうとエスと家の前に座っているわたし。夏のさかりなので家の前を流れるあさいミゾにござをしずめ、そこへ寝てすずみたい。でも四五日まえにそれをしていると夫がどこかからすごい勢いで走ってきて、ア、と思う間もなくわたしの胸ぐらをつかみ横面をはった。エスが驚いてそこらを走りまわり救援をもとめてわんわん吠える。夫は青ざめた顔をして「汚い」と言う。わたしはだまって血のでた鼻孔に手ぬぐいをあて、真夏の沐浴にちかごろそんな名前がついていることなど知らなかったとむっつり考えていた。夫がうるさく言うので水浴もできない。暑さにぼんやりしていると、「すず、すず」と声がかかる。

「ア、兎声。どうして?」

兎声は忠次郎さんの帽子のひさしを深くおろしているからかげになって顔がよく見えない。「どうしたのって、ご挨拶だねえ。おれたちは兄弟でしょう」「そうだっけ?」言いながら手を伸ばし、となりの家の垣根の葉を一枚むしって口にふくんだ。舌にピリリとおいしい。山椒《さんしょう》やね、とわたしは言った。「ところで、天子様の調子は、どう?」「最近はこられんねえ」わたしはため息をついた。兎声は笑いをふくむ声をだした。「天子様はこんし、おかあさんもおらんし、兎声もおらんし」「すずは死んだひとのことを、生きているひとみたいに言うんだねえ」ア、と思った。夫にゆり起こされぐっしょりぬれて重いまぶたを開くと天井がみえた。夢だったらしい。熱い涙がこめかみをつたわってぽたんとまくらに落ちた。「どうした、泣いているじゃないか」「夢を見て」「また昔の夢か」と夫はいやそうに言う。「そんなに昔の夢ばかり見るのはいまの生活に不満がある証拠だ。きみの泣き声でこっちは目が覚めてしまったよ」「すみません」

母はある日、里の村々をまわって鍋を貸す商売をしている男から実包とししを撃つ銃を手に入れた。わたしのにらんだところそれはエスを始末する銃だった。というのもそのころ、エスは歳をくってだんだん弱ってきていたから。母がエスを殺すかもしれない、この想像はさすがにショックだった。この辺りは信仰のあつい地域で畜生といえども大事にするし無益な殺生をしない。女が犬をつかって荷をひく家は何軒もあったが寿命をまっとうさせてやるようつとめる。死ぬと体を洗い坊主をよびお経をあげるし荷引き仲間の女たちが集まって死んだ犬に別れを告げる。犬を殺すのはほめられたことではないし、どうするの、エスはどうなるの、そう思っていたら母が殺したのは犬ではなかった。前のエスは、とわたしは夫に言った。真っ白な毛の長い犬で大きくて白くまのようだった。母の言いつけでわたしを迎えによく浜まできたし一日の仕事で疲れきった背中にも乗せてくれた。その背中の毛をかきわけて荷引き仕事でできた固いタコをなでてやった。あの犬はわたしの目をよくのぞきこんだのだ。

夫がたんすの上から一枚のはがきをもってきて「よしよし、ここまでだ。おれはこれから原稿を書くからな。すずはここにいってパンを買っておいで」と言う。

夫のいいつけでエスを連れて町の教会のバザアに出かけた。教会の芝生には大勢ひとがでている。頭上には万国旗をつるした紐がはりめぐらせてあり海風にあおられてはためいた。洋装の男と和服の女が箱を手にもち灯台を買うための寄付をつのっている。もし灯台が高岡から岬に移築されたらいよいよ兎声のいる場所はなくなる。でもあの箱にお金を入れてみたいとわたしは思った。天幕の下でパンを買い、パンの入った紙袋をうけとり、信玄袋をさぐっていると見おぼえのない男がこちらをじっとみていることに気がついた。みつめかえすとふたつの視線が宙ではげしくからみあい男はいっそう大きく目を見ひらいた。わたしがひきつけられたのは男がかぶっている鳥打帽。肌の色は浅黒くくちびるのうえにブラシをのせたような短いひげを生やしている。くちびるはとても赤い。そのくちびるがぱくぱくと動いてわたしはそれをついてきてよいというサインと受けとめた。無言のまま近くのそば屋にはいってふたりでお酒を一合飲んだ。おいしかった。そばもすすった。ぜんぶ食べてから「お勘定……」と思いだしせっかくの酒もさめかけたがそう金をもっているようにも見えない男がぜんぶ払ってくれた。

町のひとは浜のひとを一段下に見ているし浜のひとは町のひとなど万事にソツがなく油断ならないと思っている。町のひと、浜のひとの区別は見ればわかるというがわたしには同じに見える。男がどちらにも見えないことはなんとなくわかる。どこの海から吹きよせられここまでやってきたのか。男は店の表に待たせたエスをしゃがんで撫でている。それから待合に行って性交をした。

夕方家に帰ると夫がでたときとおなじ姿勢でいたのでおどろいた。原稿用紙を前に石と化している。こんなに苦労して用紙のマスメに字を植林するのだからいちどはお金に換えてみたいとのぞむのも当然だろう。パンの袋をわたすと夫はうれしげににおいを嗅ぎ、「ああ、ひさしぶりだなあ。学生時代にはよく食べていたなあ、これでコーヒーがあればなおいいんだがなあ」と青年時代をなつかしんだ。それまでいっしょにいた武骨でぶっきらぼうな感じの男とくらべると夫はいつになくひょうきんにみえる。夫は原稿用紙を短冊形に切って乾燥ヨモギと煙草の葉をのせ、ゆびでていねいに混ぜたあと端からくるくる巻いて火をつけた。

「おいしいですか」

「まずいな」夫は顔をしかめた。頭をそらせ貸家の天井にむかって煙をはく。煙草を口からはなしてつくづくと見る。

「ほんとうにきみのおかあさんはこんなものをしじゅう吸っていたのか。もっと別のハッパを吸っていたんじゃないか」

「別のハッパ?」

夫は返事をせず灰皿の底に煙草をこすりつけて消した。「不思議なハッパできみのおかあさんは正気じゃなかったのかもしれないね。さて、すず、これからぼくは自由恋愛の実験をするよ」

気がつくと夫は三条件なるものをわたしにつきつけていた。経済の自由、性的自由、住むところの自由。夫は親指から順にゆびを折って説明し、これからこの三つを実践するよ、いいね、とさとすように言った。こういう一風変わった考えを夫は一体どこから。たぶん夫が広げている文通相手の手紙にひみつがあるとわたしはにらんだ。さっそく夫をよろこばせようと「今日バザアに行ったら、男のひとに声をかけられまして」と話す。

「なんだと」と言った夫の声があまりにもけわしくきびしいので自分の顔から表情という表情がすべて羽ばたいていくのを感じた。夫はあたらしく煙草を巻きマッチをすって火をつけた。深く吸いはきだすと落ちついたのか「そいつはどんな様子をしていた」とか「なんていって声をかけてきたんだ」などときいた。

「歳は?」

「——わかりません」

「ひとの歳も計れないなんて、まだまだ子どもだな」夫はこの発見に気をよくしたようでフンと鼻を鳴らす。

「きみになんて言ったそいつは」

「いま時間ありますか、と」

夫は「任意同行だな」とつぶやいた。

「あぶないからひとりでふらふら出歩くのは止めろ。きみは世間を知らないからな。あの犬は吠えなかったの」と土間をゆびさす。

「吠えません」

「やっぱり駄犬は駄犬だ」夫は言いはなった。「すず、そいつはたぶん私服だよ。声をかけられても返事をしてはいけない。ついていってもいけない」

結婚前の一時期、夫には警察の尾行がついていたという。夫は米屋の押しかけ騒動にはくわわらず交差点の真ん中で手をつかね「痛快、痛快」と笑っていただけだった。夫の目の前を大勢のひとが走って行く。竹竿の先に白布をつけひらひらさせているひともいる。この日、やま七さん、なぎ屋さん、小松さんなどの米屋、米肥問屋が襲われた。騒動は全国で起こり鎮圧のために軍隊も出動したというが警察がなにもしてないおれに目をつけたのは、昔、反戦運動をやってたからだろうなと夫はこの話をしめくくった。

「その字、読めるんですか」いつのまにか兎声がとなりに来てちょこんと座っている。兎声はおもしろそうにわたしの手元をのぞきこんだ。あたりは闇に沈みわたしたちのいるところだけほのぼのと明るい。わたしは小さなノートをひざのうえにひろげ夫にたのまれてならったばかりの字で母のことを思いだした順に書いている。視線を落とすと米虫ほどの小さな字がびっしり並んでいる。兎声はこれまできいたこともないほど悲しげで当惑した声をだした。「書いてのこすと、それだけでもう国ができますね」「おきろおきろおきろ」夫が肩をゆさぶる。「おかあさんの悲惨を一冊の本にして世にだしたくはないのか」ハイ、とおおきく返事をしてつっぷしていた机から頭をあげたわたし。労働のかたわら筆をとっているせいかたまに机にむかう時間ができてもつい居眠りしてしまう。

ドンが鳴って銀行や米問屋の倉がならぶほうの桟橋のある浜に行く。もう女仲仕らが仕事をはじめていた。出袋さんは腰に鉤をつけていてそれで米俵を捕まえては倉からだし、仲仕の背中におく。ハシケが桟橋につけてあるからそこまで行って、桟橋とハシケのあいだにわたした長い厚い板きれをおいっおいっとはずませ拍子をとりながら走って米を積む。こういう仕事で普通は一俵かつぐところ二段とか三段担ぎに二俵も三俵もはこぶのがわたしの母だった。母の怪力は誰もまねできず百石だって十分あればつみおえてしまった。車を引かせても、母は外から部品をつぎたされたように速かった。米を満載したハシケが沖にとまっているジョーキにむかってゆらゆら出発する。男仲仕らが櫓《ろ》をかくのを眺めながら女仲仕らは短い休憩をとる。じんきどのお婆が寝返りを打ってこちらにむきなおる。丸くみひらいた目はまっくろですこし怖く、ぜんたいに貯水池のへびが鎌首をもたげたような印象がある。

「なに?」

「あんた、ねねはまだ?」とじんきどのお婆は言った。数秒かんがえてから「まだやね」と自分で自分に応えると、お婆はきゅきゅっと笑う。わたしもつられてはははと笑った。寝ていたエスが折れ耳のかたっぽをもちあげる。じんきどのお婆はひきさがりしばらくしてからまた寝返りを打ってこっちに転がってくる。「あんたとこ、カムサッカ行くの?」

「エ。行きません」

「なんで?」

「なんでって――」と言葉につまる。

「あんた、そば屋で周旋屋と居ったやないの。こないだ」

そうか、あの男は私服の刑事はんではなくてカムサッカ行きの漁師をあつめる周旋屋だったのかとひざを打ちたい気もちになった。

東京で大きな地震が起こったらしい。新聞は連日そのニュースを大きく報じている。夫が最近ぼんやりしているのはきっと東京の友人が心配だからだろう。文通相手が行方不明になったという知らせが届いたのは昨日。夫は机に読みかけの本をひろげ背をまるめて唇をつきだしたままなにか一心に考えて身じろぎもしない。午後おそくジョーキの入港を知らせるドンが鳴り、沈みこんだ夫をおいて出るのは気がかりだったけど浜へ出かける支度をする。

白岩川にそって車を走らせ、米問屋と浜にならぶ倉を二往復したところで夫がたおれたと知らせがきた。エスと走ってかけつけると大町通りのいちばん往来の激しいところにひとだかりができている。かきわけていくとまんなかに夫がうつぶせに倒れていた。痩せた体が矢印のように停車場をさしていたからどこかへいく途中だったのかもしれない。荷車をかりて夫を乗せて避病院まで走らなければ、と考えた。数年前に流行した記憶があざやかでコロリかなと思ったのだ。やじうまも同じ考えのようで手ぬぐいで鼻と口をおおっているひとも多く、夫をだきおこすと輪が一歩も二歩もさがった。夫はうーんとうなりうっすら目をあけてまたつぶる。酒のあまい匂いがぷんとする。コロリでも天然痘でもなくただの飲みすぎだ。この日いらい夫が家に居つかなくなった。書きかけの原稿もほうりだしたまま。いつまでも燃えつきないと夫が保証してくれた友情の火が消えかかっている。たった二年で消えそうになっているこの火はもともとが少し弱かったか、夫婦のあいだにふいたスキマ風がよほどの暴風だったのだろう。たまにカネを取りに家に帰ってくるがすぐまた遊びにでかける夫はもう家事も執筆も読書も語学の勉強もしない。おかあさんの汚名をすすぎたくないのかとわたしをおどすこともない。朝にかえってきて着がえてまたでていくところを、

「ちょっと書いてみたんですけど」

とつかまえた。はおりの袖をひかれてふりむいた夫が老けていてぎょっとする。わたしの手をふりはらったはずみでよろけ、それでも原稿には手をのばしてさっと目を走らせる。

「すず、おまえの字は汚いね」

と笑ってしばらくその場で左右にゆれていた。自分のほほをぴしゃぴしゃ叩きながらろれつのあやしい口調で、

「酔っていいてちゃんと読めない。こんどにしてくれ」

と言う。と思うと、

「止めろ止めろ原稿の話は。きみも大杉みたいにスマキにされて井戸にほうりこまれたいか」とあらあらしく肩をそびやかした。夫はわたしの原稿をつかむと二つにさいた。わたしたちの結婚生活に吹いたのはどんな種類の暴風か。くいさがると夫はこの件には関係のないはずの母にむかって汚い侮辱の言葉をはきはじめた。

「ひとごろし、どん百姓の――、ひとごろし」

夫の目がきらりと光り痩せた顔を手に埋めてわっと泣きだした。捨て台詞は、

「きみも若いんだ、青春を楽しみなさい」

だった。とうぜん家の中に金なんてなくあるのは借金ばかりだ。わたしは呆然と夫をみおくった。

先の戦争中からくるぞくるぞといわれていた不況がとうとうきた。仲仕仕事がないことが数日から数週間もつづくと自分と母をむすんでいた糸がぷつりときれた気がしてさびしい。家の中でエスの首を抱いてじっとしていると自分がどこにいるのかわからなくなる。家の中で一升瓶をみつけた。湯呑に注いでひと息にあおってみるとまずくもうまくもない。しばらくすると鼓動がものすごく速くなって心臓がやられたのかもしれない、死ぬのかなと思いながら半ばやけくそであおり続けると朝が来ていた。わたしは湯呑に飲み残した昨日の酒にぷっつり切れたはずの母とのきずなをふたたび発見した。湯呑に酒を注いでどんどん飲みほそう。安堵と愉悦の混じった熱い息をはいていたが金が切れると酒も切れた。

とむよんさのお婆と吉じょなのお婆がわたしを誘いにきたのはそんなある日のこと。めずらしいこともあるものだとわたしは家を出てふたりの後からふらふらついていった。白岩川をのぞくと川の水が深く色も濃くなっているからもうすぐ冬。エスもうしろからついてくる。吉じょなのお婆はさいきん五年も使ったためす犬を亡くした。わたしはお婆にお悔やみを言う。

吉じょなのお婆は土手に腰をおろして遠くをながめる目つきになった。吉じょなのお婆は力自慢のひとだったがその日は犬の調子がわるく力と力が釣りあわずひっぱられるようにすすんで犬は窒息死した。あの犬は小さいけれど力は強く勇敢で、母が死んだあとしばらく貸してもらったこともある。ろれつのあやしい酔っぱらいが夜、浜の家の戸を叩くと犬は歯をむきだし、うなり、毛を逆立てた。

「いい犬やった」とむよんさのお婆がしみじみ言う。

「発情しとったのに気づかんかって。かあいそうなことしたちゃ」

「ほんまに」

「次の犬は、どうするん?」

「そのことやちゃ」と吉じょなのお婆はひざをむける。

「おれが荷を引くのも今日でおしまい」
エ、とわたしは言う。
「おらとこ、借金返せんでこんばん夜逃げするが。カムサッカいくジョーキに乗せてもらうの。だからこっで仕事も終わりなの」

ふつうカムサッカに行く漁師は三月に出発しひと春場所をつとめたら帰ってくる。吉じょなの家はもう帰らないつもりで行く。すずちゃん、あんたもいっしょにどうけ、とお婆が誘う。夫との仲が冷えこんでいることや、大町の家賃を滞納していて追いだされそうなことを話してもないのになぜかふたりのお婆は知っている。

「カムサッカー?」と声をあげると相手はうなずき、「あっちはまだこっちより仕事あるやろ。あんたのおかあはんの事件知っとるひともおらんし」と言った。

夫は体をこわして帰ってきていた。おかげで家のなかにはいつも沈鬱《ちんうつ》な空気がただよっている。嫌悪のこもった目であたりを見つめ「疲れたのだ」とひとこと言った。布団に寝てときどきは海が泡立つような目をひらいて天井をにらむ。

「やいすず。イプセンのノラみたいに、おれを置いてでていくつもりなんだろ」

わたしはたしかにかつてノラ犬のように名前をもたなかったし起源をもたなかったし海から流れついた。だから夫におまえはノラ犬だろうと問われれば「はい」というしかない気もする。

母が兎声とむかいあっていた。なつかしい若林の二階の部屋で母は部屋の入り口にたって西日を全身にうけている。兎声は鳥打帽をまわしながら鼻歌まじりに窓の桟にちょこんと腰かけ表情はかげになって見えないが楽しそう。母は重い口をひらき「米の値段はさがらないか」と訊く。間があって、「しばらく米価はさがらない。二、三人逮捕者もでる」と兎声が軽い調子で応えたのでわたしはおどろいた。母はひとつ「よし」とうなずき、「あの子を頼む。一風変わったところがあるから、あんたに任せるのがいい」と言う。

ア、と思った。いまおもえば母がわたしと兎声とがふたりで浜であうのを一度も止めなかったのは不思議だった。母は兎声をうさんくさく思っていたし。けど、ひとこともしゃべらず砂の上に読めもしない字を四六時中かいているようなわたしのような子どもは浜で番をするような存在に肩たたきされると昔からきまっている。おもわずエスの姿を目でさがすと犬は遠くで黄色い小さな蝶と遊んでいる。エス、エス。呼んでもふりむきもしない。母が腰にはさんだ犬調教用皮紐の柄に手をかければすぐなのに、わたしの言うこととなるときいたりきかなかったり。エスを遠くにみつめているとじんきどのお婆がふいに姿をあらわして、エ、と思った。ひとの頭の中をちゃらちゃら横切るのだからこのひとも相当かわったひとだ。まぶしいような目つきでちょっとこちらを見つめ、

「あんたのろくでなしのだんなはん、カムサッカにでも送ったらいいやない?」

と言う。くすくす笑っている。

カムサッカに行くかと尋ねると夫は精も根もつきはてた風情で目をつぶり、

「はい」

と言う。最近は瘦せてしまって決断力もめっきり萎えたとばかり思っていたがやっぱりわが身の行く末は自分で決めたいのか。

「前金は?」

「三十円です」大金だった。

「よし、きみがとれ」

それが男の意地なのか。借金をはらうと三十円はきれいになくなる。出発の日は十二月にしては暑く太陽がぎらぎらと川面を反射させていた。夫は体調のわるさをおしかくすが顔は土気色であぶら汗をにじませ、目は閉じて薄い口元をぴくぴくふるわせ左右にゆれる。カムサッカまでとても持つまいと内心思ったが口にはださない。代わりに「ニシン場はすごく静かだそうですよ、大きな音をたてると魚が逃げていくから」と聞いた話をもちだす。

「ニシンは臆病な魚なんだな。そんな静かな場所なら、ぼくにあっているかもしれない」

夫はさみしく笑いわたしに握手をもとめるが、その手をにぎらず、うわ、とよけた。ぶたれるかと思った。夫と目があう。驚いた顔をしている。数秒間そのままでいてむこうが口をひらく前に逃げた。エスも一緒に逃げた。夫はおおい、と叫んで「手紙を書くよー」とかすれた声をだす。ちらりと手をふりかえした。

参考文献

「富山史壇」（越中史壇会）
「東水橋米騒動参加者からの聞き取り記録（上）」松井滋次郎（聞き取り）井本三夫（編）一一一号　一九九三年
「東水橋米騒動参加者からの聞き取り記録（下）」松井滋次郎（聞き取り）井本三夫（編）一一二号　一九九三年
「三人の水橋回想―米騒動・北海道通い聞き書き　第二回―」井本三夫（編）一一四号　一九九四年
「移出米商と浜の生活―米騒動・北海道通い聞き書き　第三回―」井本三夫（編）一一五号　一九九四年
「仲仕の暮し―米騒動・北海道通い聞き書き　第四回―」井本三夫（編）一一七号　一九九五年
『米騒動の理論的研究』紙谷信雄著（柿丸舎）二〇〇四年

ポイントカード

熱い潮に乗って胎内から押し出される赤ん坊が、目を開き、最初に見るのはまぶしい光の洪水、そして、一枚のプラスチックカードだ。ふつう人は一枚のカードと共に生涯を送る。人生に起こる出来事すべてに、ポイントが加算される。あなたが初めて言葉らしい言葉を発するとき、この世界のどこかで、ピピッと音がしているはずだ。それはあなたのカードに、ポイントが加算された音。学校に上がるときも、卒業するときも、社会に出て、晴れがましい気持ちで働きはじめたその日にも。

わたしに初潮が来た日、カードにはその分ポイントが加算された。初恋、初デート、ふと視線を合わせ、微笑みを交わす、あたたかい手を握る、すべて、すべてだ。何もしなければポイントはつかない。経験はただひとつの点においてのみ、見出だされる。すなわちそれは、加算されるポイント。ポイントはわたしたちの軌跡、生きた証し。

昨日、父が死んだ。葬儀の日、父が一生をかけて貯めたポイントを聞こうとして村中から人が押し寄せた。人はうわさした。父は村の名士だったから、ポイントの数もさぞや。うわさはうわさを呼び、人は人を呼び、集まった人々はしだいに興奮しはじめ、興奮はきちがいじみた熱気にかわった。出棺の時間は予定より早めなければならなかった。暴動が起こる恐れがあったから。

遠い昔、このポイントを、何かと引き換えに出来たと聞く。本当だろうか。一体、何と引き換えに？　商品の割引や旅行といった特典とつたえ聞いたとき、わたしは自分の耳を疑った。人生が、そんなくだらないものと釣りあうとは。わたしだったら、積み上げたダイヤモンドの山とだって、自分の人生と引き換えにしようとは思わないけど。

葬儀は粛々と進行した。わたしは一段高いところから広場に集まった人々の顔をぼんやり見わたした。どの顔も煤《すす》け、日々の生活に疲れ切っている。痩《や》せた体はぶかぶかの衣服の中で溺れそう。石畳に落ちる自分たちの影が、日々大きさをかえることに神経質になっていた。次の冬の到来に、この村はとても耐えられそうにないから。もちろん、口には出さない。公式にも、伏せられている。赤ん坊は飢えて泣く元気もない。すぐ終わると思った戦争は、なかなか終わらないでいる。幼馴染が先週、兵隊にとられた。まだ十四なのに。

最近、飲み水は、へんな味がする。

叔父がマイクの前に立つと、ざわめきがぴたりと止んだ。叔父は背広の胸を開いて懐から一枚の紙切れを取り出した。今日この日さえ、父のカードに葬式というポイントが加算されるはず。父の貯めたポイントが読み上げられる。志半ばで倒れた父だけど、それはかなりのものだった。

つめていた息がいっせいにほうっと吐かれた。素晴らしいぞ。うーん、さすがだ。隣の母を見ると涙をはらはらこぼしている。集まった人々の間からポイントを讃える声が自然と沸き起こった。ばんざい、ばんざい。わたしも一緒になって叫んだ。ばんざい、ばんざい。そして誰にも気づかれないように、自分のお腹にそっと手をやった。

幼馴染と初めて寝た日、カードにはポイントがピピッと加算されて、わたしたちは気恥ずかしさと誇らしさを同時に味わった。それはつい……四、五日前のこと。なのに、もう十年も昔に思える。時は加速する。子供のころは一日がすごく長かったものだけど。この分だと、彼が除隊になって帰って来るころには、わたしはおばあちゃんになっているにちがいない。

この子はどんな人生を歩むのだろう。お腹に手を当てながら、こう考えずにいられない。子は親に匹敵するくらいのポイントを貯めることができるのだろうか。あらゆる感情は、まだ可能だろうか。人類にどれだけの時間が残されているのだろうか。貧困と搾取、感染症と環境汚染、収容所キャンプと電化された治安維持をかいくぐって、人は生きていけるものなのだろうか。

わたしは想像する。自分が生まれたばかりのわが子のぎゅっと握った手を開いて、ポイントカードを握らせてやるところを。こんにちは、はじめまして、ようこそ。あなたに会えてほんとにうれしい。あなたはわたしたちの、最後の希望。わたしたちの背後にいる、何百人のおばあちゃん、おじいちゃんについて考えてみて。何百枚のカードと、黒々した宇宙に浮かぶ星よりもまだ多い、膨大な数のポイント。

ここから先はわたしのオリジナルだ。わたしは羊水でふやけたふにゃふにゃの頭に、出産の疲労でやつれた頬をよせてささやくだろう。その声はどこか醒《さ》めている。ねえ、教えて。無希望の社会に生まれるって、どんな気持ちがするの。それって、どういう気分なの、と。

帰巣本能

わたしはかつて空からまいおりて、月夜にふかい緑の入り江のはたで、よくあそんでいたものだった。太陽の活力がもっとも減退し、昼がもっとも短く、夜がもっともながい日、兄や姉やおばやおじたちと、羽衣《はごろも》をほうりだして、おどりまわっていた。ききなれない音が、遠く近くひびく。錫杖《しやくじよう》が地をつく、かすかな音が。兄弟姉妹はおどりやめ、すべての繊細な器官をつかってとらえようとした。みんなはおおいそぎで羽衣のほうへかけると、羽衣をつかんで身にまとい、つめたい海へとびこむ。でもわたしだけが気づかずに、いつまでもおどりつづけていた。みんなは波間を泳ぎわたって、緑色の海を、沖までいってしまったのに。ながいマントをきた男は入り江のはたにたどりつき、おどりつづけるわたしをみた。ふきつな男の足元には、うつくしい羽衣がなげだされていた。

——こうしてわたしは、空と海のおともだち、兄弟姉妹とわかれ、ひとのすむ世界にとどまらねばならぬ運命となったのだった。

わたしがひとになったばかりのころ、飢えとかわきと苦痛をおぼえてきのみをたべ、屑籠をあさり、小川のみずをのんだころ。わたしは、家の床下にかくれているところをみつかった。わたしのすがたはたぶん、ひどいものだった。のざらしになった行李の底からひっぱりだした古い単衣を、季節やきまりごとをむしして、一年中きている。帯は荒縄とまではいかないけれど、それに近いようなのをしめている。爪や髪はよごれ、はだしで、タコだらけで、ひざや手のひらがすりむけ、シラミにたかられている。みつけたのはやせた、髪のながい鬼。ひとり暮らしの学生だというこの鬼に、話すことをおそわった。わたしは物覚えがよくて、鬼をおどろかせた。

屋根の下にいれてもらってなお、いっそう、すさまじい不安にかられた。それは、じゅんすいな帰巣本能のためだった。この湖はとうてい、すめたものではない、それはわかっていた。立ちどまることへの不安が、わたしのこころをさいなんだ。鬼は、このあわれな二本足の動物は、さずけるべき処方をもたなかった。でも、様々にいってなだめた。どうしたんだ、なにも心配いらないだろう、なにがあったんだ。

わたしはたいてい、うわの空だった。たれこめた雲の切れ間からひかりがさし、灰色の海に、そこだけあかるい黄色の溜まりをつくっている。背のたかい青草の、いちめんにおおう土地がせまる。岩肌のむきだしになった崖をかすめるようにして、こころは北へむかっていた。無感動な目であたりをながめると、鬼はめがねをおしあげて、いったい、おまえはだれなんだ、なにを考えているんだ、という。声にかすかに、おそれるような響きがあった。とべぬものは、俯瞰《ふかん》する視点をもたぬもの。わたしはどこかで、鬼をけいべつしていた。

鬼は、警戒心のつよいわたしに、手ずから餌をやることに成功した。きざんだりんごは、涙のあじがした。その晩から、高熱にうなされた。ひとの体内には九つの虫がいて、それぞれが病気をひきおこしたり、感情をよびおこしたりするのだという。その虫を、うつされたのだと思う。攻撃衝動がわいてくるしくなったり、指一本、あげるのもおっくうになったり、表情をかえるのもまたおっくう、おかしくもないのに笑ってしまう、そういうのはすべて、虫のいどころがわるいせいだときく。おいしい汁気たっぷりの虫、にがい虫、カラばかりで食べでのない虫。虫がさわげば、体のなかをながれる川、沼、湖が、はんらんしてしまう。わたしは熱にうなされ、言葉にならぬ言葉を、一晩中つぶやいていた。熱がさがると体をきよめ、ころもをきがえ、ながい髪をあんで束ねた。

人間の神は人間のすがたをしていて、そのために親しみにくい。でも、東北地方には、ヤマトタケルノミコトという名前の白鳥のすがたをした神がいるという。西洋にも、白鳥にへんしんする神がいるらしい。名はゼウス。白鳥のすがたをかりて、うつくしい娘をゆうわくした。わたしはときおり、自問する、ではわたしを助けてくれるのは、妙に人間くさい神、ゼウスなのか？鬼は隣家の駄犬をころしてしまった。毎夜きこえる遠ぼえに、わたしが怯えていたからだろう。わたしは、電灯の笠に、犬の顔がみえるといって泣いた。となりの一家は犯人をさがした。わたしも鬼も口をつぐんだ。犬は、くるしんで死んだらしい。鬼の目のふちが、ひくひくとうごいていた。あの犬はさつまいもを煮たのが好物で、ひとによくなついていた。鬼のさしだす毒まんじゅうを、うたがいもせずにたべただろうか?

ある日、鬼はわたしを汽車にのせた。車内は、石炭ストーブの熱気であつい。頭がぼうっとして、ねむかった。睡眠を幸福とよぶひとがいる。わたしはそれを、神秘とよびたい。だれかの咳きこむ音で目がさめると、かわいた大地は、まばゆい雪景色へとかわっていた。わびしい田舎駅で汽車をおりて、あるいた。

鬼はわたしを、雪いちめんの田地につれていった。むこうに、おおきな雪山のつらなり。景色はひらけて、ひとっこひとり、いなかった。風がまともにふきつけると、鼻の奥がツーンといたくなった。曇天からちいさな雪のこながチラチラとふった。とおくの空で小さく青光りがした。鬼はあたりのしずけさをやぶり、大声でさけんだ。こーい、こいこい。

しばらくなにもおこらなかったが、間をおいてなんどかさけぶと、返事があった。さいしょ、それは、まっしろな空にぽつんと落ちたしみだった。しみはひとすじの線にほどけ、だんだん大きくなって、しまいには一羽一羽のくべつがつくようになった。白鳥たちはにぎやかになきかわし、雪原にまいおりた。鬼は肩からかけた鞄に手をつっこみ、しめった麦粒をいっぱい、わたしににぎらせた。——そら、なげてやれ。

わたしはその日から冬じゅう、手をあらって暮らした。あらってもあらっても足りない気がして、手がまっしろになって、ひびわれてもまだあらっていた。ちょうどよい加減がわからない。人間的、ああ、なんて人間的な病だろう。鬼はこんわくしていたが、なにもいわなかった。大学にいこうと靴をはき、鞄を肩からかけ、よくそのまま玄関にたって、おくの水屋で手をあらいつづけるわたしを、途方にくれてながめていた。おもてを、路面電車がガタガタいいながらはしっていった。

夜になるとわたしは食膳につき、鬼の杯に酒をそそいだ。酒をのむと元気になる、悩みがきえる、明日への活力。鬼の言葉をまにうけたわたしは手をのばし、お銚子をつかんでたちあがり、なかみをながしこんだ。のどがやけ、ひどくむせた。食膳がたおれ、つましいたべものが畳のうえにちらばった。鬼はおこって着物をつかみ、わたしは畳のうえにのめった。のどのおくでるんるん鳴らすと、鬼はぎょっとして、ふりあげた手をとめた。きつねの家で十三年すごした男が、ひとの世にもどると、それはたった十三日間のことにすぎなかった、ということがある。鬼の顔は、そんな男の顔。わたしは口元のちをぬぐって、なめて、最後の最後にけつろんづけた。元気になっても一瞬だけ。あとは頭がすごくおもくなって、もっと疲れて、のどがかわいて、息がきれる。しかし、排尿のおもしろみは、ある。

鬼が大学へいっているあいだ、わたしは近所の子どもとあそぶ。子どもたちとあそぶのはおもしろい。自然になかよくなった、といいたいところだが、それはまっしろなうそ。塩せんべいや塩まんじゅうを買ってわたしして、寺の境内や墓所であそんでもらっていた。かくれんぼとは、鬼が目をつぶっているあいだにかくれるあそび。かげ鬼とは、鬼に影をふまれないように逃げまわるあそび。どうして人間の仔は、こんなこわいあそびをするのだろう。もうひとつふしぎなのは、鬼につかまっても、鬼にだいじな影をふまれても、なぜかわたしは鬼にならないことだった。

——どうして、なんで？

——だって。

——だって？

子どもたちにいわれて大目にみられて、それはかえって嫌だった。でも、鬼になりたいわけではない。わたしは人間の仔を、お菓子でつってなつかせてしまったことが、妙にうしろめたい。

春がくるころ、鬼があらたまってわたしにいった。今日は字を教えよう。わたしは黙ってうなずいた。まずは女偏のつく漢字から。鬼は咳払いをしていった。これは、おまえが女だからだ。女偏のつく漢字には、たとえば次のようなものがある。鬼は帳面をひらいて筆をとり、すった墨を筆の先にたっぷりつけて、せつめいしながら、じっさいにかいてみせた。鬼はいった。女という字のとなりにひとつ石をおくと「ねたむ」という漢字になる。女という字が三人あつまると「よこしま」という漢字になる。一人の女が男二人に左右からはさまれると「なぶる」という漢字になる。

わきからノートをのぞくと、鬼の筆先が緊張でぶるぶるふるえた。鬼は、まだまだあるぞと声をはげました。「めしつかい」、「あやしい」、「さまたげ」、「おとことおんなのふせいじつなかんけい」。ひとつ漢字を教えるたびに、鬼のめがねのおくのちいさな目に、あるかんじがよこぎった。漢字のかんじを、わたしもかんじた。鬼の目にやどる、もうきん類のような凶暴なひかり。そして鬼の机のしたの、せわしない手の動きにはたぶん、性的なうずきがかくされていた。

とうとうある日、鬼がわたしの手をつかんだ。哺乳類のはずなのに、爬虫類のようにつめたい手だった。

――嫁になれ。

もはや言葉だけのこととはいえ、こころの奥底でうごくものがあった。おどろきにうたれてだまると、みえない手が闇からにゅうとのび、鬼の体をつかんでゆすぶった。この鬼は、咳をはじめるとながい。それは、けいけんからわかっていた。あなたはきっと、いつかそういうと思っていました、とわたしはいった。しずかにいって、微笑をうかべた。鬼は、咳のしたから、刺すような目でこちらをみていた。

咳がやむといつも、鬼はながいひるねをした。コトン、と夕刊のおちる音がした。わたしは陰りはじめた廊下をそっとすすんで、鬼のへやをのぞいてみた。窓によせた文机のうえに、コップとみずさしののったまるい盆、めがねとたたんだ手ぬぐいがおいてある。春のながい夕暮れが、コップをあわくひからせていた。そのまま家をはしりでると、腕につむじを巻く小さな羽がいくつもはえ、ちからづよい翼と、するどい爪がはえた。ねむりのあさい鬼は物音に気づいて目をさまし、はだしで外へとびだすと、空をみあげてぼうだちになった。

わたしは屋根のうえを、きっちり三回まわりおえた。わたしが永遠にとびさってゆくあいだ、鬼は地にひざまずいて、祈っていた。

非行少女モニカ

母は、「わたしの歳の女は、ちょうど釣り合いのいい歳の男が大勢戦死して、結婚してない人が多い。だからわたしは運がいい」とよく自慢していました。母の言う戦争、それは内ゲバのことです。この国にはきっと一ヵ月で活動家になり、二ヵ月目には内ゲバを始めてしまう、そういう恐ろしい体質があるのです。母はこう自慢することでわたしに、

「結婚できたわたしに比べると、あなたは運がない、だから、結婚はあきらめなさい」

と言いたかったのかもしれない。母が遠まわしにわたしの結婚を止めようとしていた可能性はかなりあります。今思うと母には、わたしの欲望をいち早く察知してそれをあらかじめひねりつぶそうとする、そんな残酷さもありました。

経済白書の発表ではもはや戦後ではないということでした。でも政府は、どの戦争のことを指してそう言っているのでしょうか。まだ、革命の美名のもとに殺し合う学生は大勢いました。父

も母も、革命組織の一員です。母は由緒あるとある家柄の生まれ、だけど父は母に会ってすぐ、

「きみの家のことをおれは気にしない。おれの前では何も恥ずかしがらなくていい」

と言ってプロポーズし、若い母を感激させたそうです。

母は、**党と党の戦争のあいだは**、小旗を振って出征戦士を見送るような革命少女だったといいます。昼間は党の出版社でアルバイトをして、段落と段落の間の余白に本文とはまるで無関係な、雪だるまや、季節の花や、ひよこや、コーヒーカップなどのカット絵を描くのが仕事でした。このカット絵は、地方在住の女性党員たちの間で「可愛らしいイラストに心が慰められる」と好評でした。


ご存じのように父と母はひょんなことから党内で命を狙われる立場になったわけですが、最初はもちろん、仲間と一緒に逃げたのでした。そのあとで仲間とはぐれてしまい、二人は心細い思いをしたのです。幸いにも全ては**党**のなかの出来事でしたから、人目をはばかる身であっても、警察権力に追われたわけではない、指名手配の顔写真は各党員の心の中だけ、逃亡の身の上につけ込まれて悪い奴らにだまされたりしたこともあったけれど、全国の駅にポスターが貼《は》られたのではないから、その点では気持ちがずっと楽でした。

逃亡の途中で二人はとある支援グループに出会い、この支援グループの手引きでひみつの裏街道に足を踏み入れました。北から南まで全国津々浦々はりめぐらされたその道は、歴史がつくった編み細工。これまでも共産主義者を逃がし、社会主義者を逃がし、無政府主義者を逃がし、脱走兵を逃がし、指名手配犯を逃がしてきました。逃走者たちの無数のふみあとが道になって、逃

亡地図をつくりあげたのです。もちろん、わたしたち家族のふみあとも、ささやかにその道をならしたことでしょう。

母は妊娠しました。なぜそんなことになってしまったのか。それは、父にも母にも分からないことです。

「きっと、避妊具が古かったのだろう」

「いや、いいかげんな知識で避妊しているつもりだったのが、間違っていたのだろう」

お互いに指摘しあったけれど、今さらどうしようもない。このときほど挫折感を味わったことはなかったと、のちに母は打ち明けました。党に追われる立場になっても、これほどの無力感にとらわれはしなかったと。父は父で、顔色を変えて唇をぎゅっと嚙《か》みしめました。

「中絶してほしい」

父の口からそんな不誠実なセリフがこぼれ出てきて、母はとても驚いたそうです。

このとき父と母は、鴨川近くの古いアパートに匿われていました。このアパートもひみつの逃亡地図にある拠点の一つです。

「赤ん坊が出来たとわかると、組織はもう僕らを助けてくれないかもしれない」

「どうして」

「子どもは贅沢品だから。それに、子どもを産んだら革命を裏切ることになる」

母は思わず笑いました。けれども父の真面目な顔を見た途端、その笑いも引っ込んでしまったといいます。

「ねえきみ、どうやって育てていくつもり。こんな暮らしで」

気がつくと、母は部屋を飛びだしていました。彼女は感情が高ぶると無性に走りたくなるたちなのです。母の心と体をつなぐ糸がぷつんと切れて、凧《たこ》のようにまわり出しました。素足に手製のワンピース姿で、アパートの共有廊下を駆け抜けて、スカートの裾《すそ》は船の帆のように膨らんで、玄関の三和土《たたき》に降り立った、ガラスの格子戸を引いたら、むきだしの額に強い風があたって衝撃的な啓示を受けたと言います。

「どんな危険を冒しても、誰に反対されても、この赤ん坊をわたしは産む。この子の名前はモニカ」

そう閃《ひらめ》いた途端、角から来た車に撥《は》ねられました。車は速度を落としていましたが、母は意識を失って病院に運びこまれました。不幸せから幸せに飛び立ったかと思ったら、行き着いたのはやっぱり不幸せ。子どもは助からず、母は病院のうすい掛布団にもぐりこんで涙を流しました。その間に父は、次の隠れ家に移る手はずを整えたそうです。

★

わたしの少女時代についてもお話ししましょう。この時代は、なんといっても交通事故の多い時代として知られています。小学校では毎朝、校長先生が朝礼で昨日の事故死者の名前を発表していました。車に轢《ひ》かれて死んだ生徒は日に何人もいました。次は自分の番かもしれない、そんなことを思うと逆にいつ死んでもいいというような、やけっぱちの気持ちになります。先生の号令で一斉に頭をたれ死者の冥福《めいふく》を祈る、そのほんのわずかな時間にも恐ろしさから大声で叫び出してしまう生徒がいて、わたしはそんな子を軽蔑していました。死への怖れを克服しなくては、立派な革命戦士になることはできません。取り乱した子どもを先生が抱きかかえるようにしてどこかへ連れて行きました。今思うとあれは、交通事故で死んだ子の霊がおりてきたせいだったのだと思います。ようするに、取り憑かれていたのです。そのせいで子どもは、いつまでも悲鳴をあげつづけなくちゃいけないんです。

交通事故死があまりに多いので、自転車は免許制でした。わたしも規定の年齢に達するとすぐ試験を受けて、実技も筆記も良い成績でパスしました。史上最高点だったと、後で担任の先生に聞きました。でも結局、わたしが免許を持つことはなかったのです。同じ時期に教師たちの間で「女児の自転車使用は、生理上有害ではないか」という議論が紛糾したらしく、いつまで待っても免許は発行されませんでした。

ほかにも鳥が空中で凍って石のように大地に落下したり、ひきさかれて砂になったりするのをしょっちゅう見た気がします。きっと公害もひどかったのでしょう。わたしも周りの子どもも、よく咳をしていました。わたしは詩を一つ書きました。

こどもたち
かわいそう

わるいひとにさらわれた
売られて
買われて
どんな暮らし
かたまりの肉と
臭い酢
火にかけた鍋
その金は
ひとを殺した
金なのに

大きなドイツシェパードを飼って構成員の年齢層が高く、どこか優雅で脱法ハーブと現金のにおいのするコミューンに行ったのは九歳の夏のことです。わたしは母の運転するぼろぼろのプリンススカイラインで港にむかいました。父はいませんでした。この頃、父とは安全のために離れて暮らすことの方が多かったのです。わたしにとって父はまだ、ときどき会う人に過ぎないのでした。三等船室のすみに荷物を置いて居場所を定めると、待合室に行って母が作ったお弁当を食べました。海苔を巻いたおむすびと卵焼きのおかずです。食事の後で風呂に入りました。売店で母が牛乳のテトラパックを買ってくれて、それを飲みました。

船の走る間じゅう誰かが額の真ん中を見えない太い親指でぐいぐい押してくる、その感触は、たとえて言うなら突然頭の中に電熱器が出現し、しかも誰かが勝手にそのコードを差し込んでしまったかのようでした。じーん、という音と共に二重丸のニクロム線が赤く浮かび上がります。母に尋ねると、

「それは、船酔いと言うのよ」

と教えてくれました。

わたしは痛むこめかみを手で押さえ、この不思議な現象の裏にある真の意味を解読しようと試みました。わたしが悪い子なので神様が罰をお与えになったとか、そういう痛みを通じて送られる、ある特別なメッセージを自分の体をセンサーにして受信したかったのです。

思えばそれまで暮らしていた長岡のアパートはドアを音高く閉めると隣の部屋からゲンコで壁をどんどん叩かれるし、週末は性交の音がするし、控えめに言ってもろくな場所ではありませんでした。母は近くの工場で働いていました。住宅街をぶらつきピアノの音が聞こえると飛び込みで訪問して弾かせてもらうのだけが彼女の楽しみでした。

「昔好きだったピアノを、一時間でも、二時間でもいいので弾かせてください」

長岡にはそんな母を危ないとも変だとも思わずに、気持ちよくピアノを貸してくれる家が沢山あるのでした。

母はピアノが得意で幼いころは個人教師について習っていました。プロを目指していたというわけではないのですが、ピアノを弾くことが好きで、また得意でした。それにおしゃれで、安い

布を買っては自分でワンピースに仕立てて着ていました。そんな母が家に飛び込んできたら、ふつう人は「天使が来た」と思うのではないでしょうか。新潟から出航した船が北海道の港に着いたとき、サングラスをジャケットのポケットから取り出してかけた母は、水気も、色気も、うぶ毛もあり、まだまだ少女のように若いのでした。

わたしたちは車に乗って、スーパーマーケット、銀行、平屋のホテルが並ぶ町を走り抜けました。しばらくゆくと左右に草原が広がりました。手配してくれた支援者さんの手紙によれば、これから行くところは特に安全で、家族的で、面倒見がよく、子連れにはうってつけの場所とのことでした。この場所もまた、例のひみつの地図に載っているのです。母は新しい生活への期待に胸をふくらませ、鼻歌を歌っていました。わたしも車窓から見える景色を楽しみました。大きな動物が草原にうずくまるのが見えて、

「クマだ！」

と叫ぶと、

「牛だ！」

とすぐに母が叫び返すのでした。そして、

「牛だ！」

とわたしが叫ぶと、

「そうだ！」

と力強く同意するのでした。

これから行くところは観光地として賑わい、避暑客が大勢やって来た時代もあったけど、今は閑散として朽ち果てた家と、打ち捨てられた鉄くずが目立つ集落。大きな家に仲間たちが寄り集まって暮らし、隣近所とも上手に付き合っている、最近ではもう一軒、湖のそばにある空き家を購入しようという計画が持ち上がっているそうです。将来、開設が予定されているのは、図書室、集会場、パン屋に保育園、そんな話を、母がしてくれたように思います。

地平線を見ていると、車窓から眠気が侵入してきます。眠りながら、だんだんと深いところへ落ちてゆくよう。目を覚ますとベッドに寝ていて、もう次の日の朝でした。見なれぬ部屋の天井はナナメで、木の太い梁がむき出しになっています。一階に降りて行くと大人たちがくつろいでいました。シェパード犬が立ち上がり、わたしに向かって尻尾を振りました。撫でたら、おもしろかった。

「お名前は?」

黙っていると、母が代わって応えました。母は大きなテーブルに肘をついて、コーヒーを飲んでいました。

「モニカです」

「あらあら。その子は口が利けないの」

「人見知りで……」

「映画みたいだわね。可愛い名前だこと」

泉のほとりで身を隠し、喉《のど》の渇《かわ》きを癒しに来る赤いきつねを待つ。バターと卵と砂糖と小麦粉を使った素朴なクッキーの生地をバレリーナの型で抜く。子どもには楽しいことばかりのコミューン生活でした。メンバーはどこか垢抜けていて、きっと、都会生活を捨ててきたインテリたちだと思います。わたしと母は組織の紹介で参加したけれど、わたしたちの身の上を先方がどこまで知っていたのかは分かりません。あとで迷惑がかかってはいけないから、逃亡の身であることについては伏せていました。知っていても、知らないふりをするのが不文律でした。聞いて聞かない、見て見ない。

ある日の夕方、一階で夕飯を食べていると目の前に石が飛んできたことがあります。それもただ飛んできたのではありません、天井近い窓ガラスを破って外から飛んできたのです。大きな音がしてガラスの破片が散らばって、わたしは、うっ、と息を飲みました。

グラスが倒れて赤ワインがテーブルにさっと広がり、犬が激しく吠えました。

「子どもは下がってなさい、危ないから」

命じられて、壁にもたれて、大人たちがガラスを片づけるのを見ていたわたし。悲鳴を上げ続ける女の人。

このときわたしは誤解していて、ありもしない芸術がもたらした、混沌の力とでもいうのでしょうか、それを全身で感じて、うっとりしていました。わたしはこれも手の込んだ余興かと思ったのです。犬は浴室に閉じ込められました。吠えてうるさかったのです。後でむかえにいくと後ろ脚をはげしく震わせて、今にも倒れそうになっていました。誰かが後ろから肩を叩きます。振り返ると小さなまばゆい鏡の中に、小さな女の子がたくさん笑っていました。

「大丈夫？」

日焼けした顔に芸術家がのみをふるって刻んだような無数の美しいしわがある、わたしもよく知るここのメンバーでした。彼女の衣服に縫い付けてあるインド風刺繍《ししゆう》の小さなミラーを、おもしろいと感じました。彼女はわたしの肩越しに浴槽の犬を見つけて大声で笑い、犬はますます怯えて後ずさりしました。

女の人は犬の背をまたいで、よいしょと声を出して持ち上げ、

「このコミューンにはね、トルストイズムにかぶれた青年、暴力夫から逃げている女、虐待を受けた子ども、それに、飼い主に殴られつづけて心に傷を負った犬がいるのよ」

と言い、浴槽の犬を外に出しました。

また別の夜には映写会がありました。遠くからきたお客もいて、居間は満員でした。わたしは素人の小型映画に興味が湧きません。ぶらぶらと台所に行くと、見知らぬ青年が流しのふちに座って煙草を吸っているので警戒しました。湿った夜気が窓の隙間から台所に入りこんでいました。青年は気だるい眼差しをこちらに向けて、手で煙を払うようにしました。

「退屈？」

わたしは慎重にうなずきました。居間からひときわ大きな笑い声が上がります。また、例のフィルムの逆回しが始まったのでしょう。飛びこみ選手が足先から逆向きに噴きでたり、文字が、紙の上に押しつけたペン先に吸い込まれて消えたり。そんなことの何がおもしろいのでしょう。わたしはだらだらと食べたり飲んだりしながら、大勢の人と社交することが苦手です。ワークシ

ャツの裾を畝の細いコール天のズボンにたくし込んだ青年はどこか上の空でした。

「ソユーズとアポロ、どっちが好き?」

米ソ間の宇宙開発競争なら、わたしはソ連に肩入れします。彼は大きくうなずいて、

「地味好みなんだね」

と言いました。それからわたしたちは、長いあいだ黙っていました。

「ねえあんた、もしかしてお腹空いてんじゃない? そんな顔してるけど」

わたしは首を振りました。今夜はいつにもまして豪勢な食事が供され、居間のテーブルには地元のワインと強い酒が何本も並んでいます。ノー。お腹は空いていない。

「じゃあこれ吸ってごらんなさい、重ぐるしい気分が消えるから」そう言って、灰皿に置いた煙草をとりあげました。

「そう、吸って——、お口閉めて、ごくんてしちゃいなさい。飲み込むの」青年は、妙に熱心でした。

「どう。どんな気分?」

目をのぞきこまれ、わたしは返事の代わりに両方の鼻の穴から煙を噴きだしました。

「やあねえ」そう言った青年は、きっと呆れていたのだと思います。

「さ、アイスバー持ってきてあげる。口の中が、さっぱりするからね」

休憩時間になり、大人たちがアルコールと新鮮な空気を求めてどっと台所に入って来たので、青年に別れを告げて、二階に引き上げました。ベッドに寝そべり絵本を読もうとページを開くと、

字がばらばら飛び出してきて読めません。切手収集用のピンセットで、床に落ちた文字を摘まみ上げて元の場所に戻します。その作業を繰り返すうちに、疲れて眠ってしまいました。

次の日は早くに目が覚めたのですが、納屋で犬に馬肉をやっていると、辺りがなんだか騒がしいのに気がつきました。昨夜の親切な青年が浴槽で首を吊り、死んだのです。詳しいことは教えてもらえなかったのですが、彼は素行不良を理由に離村を言い渡されていたのだと、後になって聞きました。


学校もないような山間部のコミューンに行ったこともあります。村と聞いて行ったけれど、村と言ってもたった一本のびる舗装路を、無理やり村と呼んでいるような場所でした。構成員の年齢層も若く、これまでお世話になったどのコミューンより、ずっと貧しい場所でした。母とわたしは道路に面して建つ家の二階を間借りすることになりました。一階は内装工事中で埃だらけ。案内してくれた青年の名はタケオ。

「この家、カギがないんです」

タケオはとっておきの秘密を明かすように言って、眼鏡の奥の片目をつぶって見せました。

「ドロボウは入らないんですか」

「ま、僕たちがドロボウみたいなもんですからね」

タケオは肩を揺すって愉快そうに笑いましたが、母は顔色を変えて噛みつきました。

「ドロボウみたいって、ドロボウなんですか、ドロボウじゃないんですか。その辺を、はっきりさせてくれないと」

　カギがなければカギを掛けたか心配になることもないし、カギをうっかり落として家に入れないということもない、わたしは内心、感心したのですが、母の手前、深刻そうな顔をしていました。

「カギがあったときは、カギを誰が持つかということで争いが絶えませんでした。そこで合カギを作ると、今度は合カギの所有者に嫌な優越感が生まれた。合カギ神話を崩すために、カギをどんどんコピーして、十本、二十本と増やしていって、ある日とうとう、カギがなければいいんだ、と気がついたんです」

　タケオは朗らかに答えました。

「馬鹿馬鹿しい」

　母は一言で片づけました。タケオは母のトゲなど気にならない様子で、

「あれ、聞いてませんでしたか。ここは犯罪者コミューンなんですよ」

　ととぼけました。

　母は頭痛がしてきたと言って早めに休み、夜の歓迎会もパスして、次の日、車を借りてふもとの町まで出かけました。公衆電話で長いこと父と話し込んでいたけれど、きっと父に説得されたのでしょう、電話ボックスを出た時には、なにかを諦めた顔をしていました。

　問題は、学校が遠くて通えないということよねえ、と、母は遠くの谷間に浮かぶ雲を見つめる顔つきになりました。でも、学校は好もしい場所というわけでもない。わたしはこれまでも学校

に通うという光栄に恵まれると必ず通いましたが、学校、という特殊な環境に合わせて自分のからだの機能を低下させるのにはいつも苦労させられました。決まった場所に四十人から詰め込まれ、長い時間座り続けていることは苦痛です。同級生や教師からは、暗いとか、気難しいとか、捻くれているとか言われ、場合によっては、

「一体、なにが気に入らないの」

とすごまれてたじたじとなるのでした。

わたしにとって学校にいる自分というのは、まるで風雨にさらされネズミの死骸の臭いの立ち込める、床の腐った空き家のようなものなのです。地元の子たちには陰で密かに舌を出されていて、わたしはいつまで経ってもよその人。友情の国には一級市民と二級市民がいて、入国するときも何度も面接があるし、二級市民の皮を剝《は》ぎ、裏打ちにして地元仲間の絆を強めていることさえある。からくりは全部分かっているのに、

「ごめん、ごめん、見捨てないで」

と手を合わせられると、気のいいわたしは、つい慈悲深くなって許してしまいます。

学校に行けなくなって、本当によかった、しみじみそう思いながら、テーブルクロスのかかった大きなテーブルの下で本を読んでいると、頭上が急に騒がしくなりました。気がついた時には、もう出て行けなくなっていました。やって来た足を数えはじめましたが、途中で分からなくなって止めました。まもなく食器の触れ合う音がして、物を食べる気配がしました。同時に飲みはじめる気配もあって、空になった大きな酒瓶がごろんとそばに転がってきました。ハイライトの空

箱が投げこまれて、ああ、へたな歌声もきこえますね、ここの人たちはなにかにつけ、歌うようです。アコースティックギターの音色も聞こえてきます。それも、決してうまくはない。

「子どもが来てくれてよかった」

「ちょっと暗いけどね」

「ははは」

「母親の方は、どう?」

「退屈」

「普通のおばさん」

「何も分かっていない」

「でもほら、同世代だけだと息が詰まるし」

「会議ばっかりだしねえ」

「その通り」

誰かが卑猥《ひわい》なジョークを言って、しのび笑いがヒヒヒと漏《も》れます。一際めだつ甲高い声がして、わたしは「あ、タケオだ」と思いました。

「本当に、そうですよ。同世代ばっかりはよくない。三人寄れば、内ゲバの始まりと言いますからね」

母がその晩、してくれた話によると、母は若いときから革命闘争に身を投じたために、高校は中退し、大学にも行かず、いまになってそれを後悔しているそうです。ですので、自分の娘にはぜひ教育を受けて欲しいとのことでした。

まもなく母は学校の真似事を始めたのですが、そこでは、母が先生、わたしが生徒なのでした。この配役を聞いた時から、わたしはもう不安を感じていました。逆ならうまく行ったかもしれません。わたしが先生役をし、母が生徒役をするのならば。わたしの母は怒りの導火線が短くて、先生役にはむきません。結局、母もわたしも心底うんざりして、この芝居はすぐに中止になりました。

でも話はここからです、ある日目を覚ますと、隣で寝ているはずの母の姿がありません。寝た形跡のないベッドに不吉な予感を覚えたわたし。でもまず最初にしたいことは母を探しに行くことではなく、トイレに行くことなのでした。排泄を済ますとわたしは洗面所の鏡にむかって口をあけ、口のなかをのぞきこみました。下の歯が一本、ぐらぐらしているのです。備え付けの戸棚にはこの家に住む別の住民や、もう住んでいない前の住民、旅人たちが置いていった物がたくさん置いてあります。ニキビ治療薬、エロイカオードトアレ、毛抜き、カーマインローション、ビタミンBの小瓶、くし二種類、小さい石鹸《せっけん》、カミソリ、爪きり、耳かき、「ハート美人」、ねり歯磨き、スキンレス「ロイヤル」、「クラウン」、頭痛薬。

わたしは「クラウン」を頂戴した。そいつをすばやくポケットに入れて遠くに山の見える埃っぽい舗装道路を、ぶらぶら、ぶらぶら、村はずれの食堂まで歩くと、共同運営の食堂のテーブルに母を発見しました。

「よう」

母の隣にいたタケオが、わたしに気づいて手をあげました。母は二つに割ってトーストした素朴なパンに、真っ赤なジャムとバターを塗りひろげていました。タケオはジャムとバターを塗り終えたパンに手を伸ばしむしゃむしゃと食べました。

「おはよう、早起きさん」

母が笑いかけました。

おはよう、ママ。言いながらわたしは、母のいつにない機嫌のよさに気圧されていたのです。そして自分でも知らないうちに、ポケットの中の「クラウン」の箱をくしゃっと握り潰していました。

「午後から授業を再開します」

「えっ」

今日から彼が観客役として参加します。母がタケオの肘を摘まんで告げたとき、あ、その手があったか、とわたしは自分のひたいを打ちたいような気持ちになりました。タケオを観客役に迎えて、再び母の学校が始まったのです。

「天網恢恢《てんもうかいかい》疎《そ》にして漏らさず」

「社会の網は目が粗い、そこからはみだし、こぼれ落ちる人がいるなら、その人たちをコミューンの網目が受けとめる」

こらこら、観客は口を挟まないの。先生役の母はタケオをたしなめ、それからぷっと吹きだし、タケオは机の縁を伸ばした手でつかんでガタガタ鳴らして、

「休憩、休憩」

とふざけるのでした。

「まだ駄目よ」

「先生、芸術について教えて下さい！」

「芸術ねえ……」

「山の上で見知らぬ人たちが集まってパーティーをしている。パーティーに加わりたくて凍てついた山をあなたは登る。でも苦労して辿り着くと、かがり火は消えてパーティーは終わっている。踊っていた人たちの姿も、もうない」

タケオはギターを手に歌いました。母はうっとりとタケオを見つめます。

これも、台本にあるのだろうか。そんなことを考えて、わたし一人だけが、いつまでも不安でした。母と娘の自宅学習用台本が、知らないうちに母とタケオの期間限定恋物語にすり替わっている、そんなことに気づくのにも、たいして時間はかかりませんでした。

わたしの十四歳の誕生日、母は「逃亡生活を止めたい」と言い出しました。支援者さんからは早く次の場所に移るように指示されていました。安全が確保できない、と言われていたのです。

わたしは母の言葉にのぼせて、

「ちょっとちょっとママ。一体どういうつもり」

と彼女に迫りました。

「そろそろ幸せになろうと思って」母はひっそりと微笑みました。

「もしかして、もう時効なの？　逃げなくてもいいの？」

「ううん、時効はない。まだ、連中は諦めてないと思う」

「駄目でしょう、それでは」わたしは心底がっかりして言いました。「逃亡生活を止めて、どうするの？」

「幸せになるの」

「なれないでしょう、そんな方法じゃ」

「なれる」

「無理」

「やって見なくちゃ分からない」

「分かる」

「分かるもんですか」

するとは母は、涙声になるのです。「どうせ破局が待っているのなら、自暴自棄と思われてもいいから、最後に一度、家族で暮らしてみたい」

「ママ、それはメロドラマのセリフでしょう」呆れて言うと、母は、まっすぐこちらを見つめ、「メロドラマの、一体なにがいけないの？」

と言い放ちました。

当時、母とわたしは千石のマンションに住んでいました。人目を忍んで暮らすはずの部屋は、その名も不吉な「不忍通り」。わたしは衝動的にベランダまで走り寄り、一気に窓を開け放ちました。強い夏風と都会の喧騒がおしよせ、排ガスの甘いにおいを嗅いだら、胸にどことも知れない場所にむかう強い気持ちがどっと湧いてきました。こういう気持ちを世間では郷愁と呼ぶのかもしれません。郷愁なんて、わたしにはまるで無縁の感情です。古いマンションの十二階ベランダから見る夏空は青く晴れわたっていましたが、一時間後にはいきなり雲が街を覆って暗くなり、熱い風と雨の吹き荒れる夏の嵐になりました。

要するに母はもう、「逃げる」という動詞では動けなくなっていたのです。強いて動き続けるためには「逃げる」ではない、別の動詞が必要でした。逃げまわるのを止めて一ヵ所に留まり、家族で暮らす、それは、「生きる」という動詞を止めたくなるよりましな選択なのでしょうか。そんなことを考えると、わたしの舌にはぴりっと辛い、皮肉の味が浮かんできます。

次の日、わたしは朝から洗面所に閉じこもっていました。母がドアを叩いて、

「ねえモニカちゃん、怒ってるの」

と尋ねます。

いいえ。わたしは一たす一が三にも四にもなる洗面所のうぬぼれ鏡を見つめ、髪を様々な形にまとめては崩し、まとめては崩すのに夢中になっていました。そうして自分の若さやみずみずしさをうっとりと楽しんでいると、どこからか不吉な予言が聞こえてきました。

「きみは他人が思うほど、若くはない」

気がつくと、鋭い目つきの小柄な男の姿が鏡に映っていました。ドアを開く音はおろか、洗面

所に入って来る姿も目に入らなかったので、少しも気がつきませんでした。腰にタオルを一本下げた男は鏡越しに、

「カナダです」

と名乗りました。あ、偽名。わたしはその名前を聞いてすぐに思いました。黒々とした髪は、染めているのかもしれません。つやっと炊いた黒豆のように光って、強いポマードの香りが辺りに漂います。男は横から手を伸ばし、水道の栓を捻って太い水で顔をじゃぶじゃぶ洗いました。首から下げたメッキの金鎖がゆれます。

カナダ。それはホンダやマツダのように姓なのだろうか。それとも偽名一つとっても自分なりの指針を持って挑みたい、既存の地図ではなく自分なりの足跡を大切にしたいと思って、自分の旅の記憶の中から特に重要な地名を選んで名乗っているのだろうか。

わたしは思い切って微笑み、

「北米大陸って、いいですよね」

と愛想よく言いましたが、鏡の中にすでにカナダはいませんでした。

今夜は引っ越しなのでした。マンションの前にぼろぼろのトヨタハイエースが停めてあります。スライドドアには擦った跡があり、バンパーはへこんでいます。車の後部ハッチを上げ、わたしと母は家財道具を積みこみました。スーツケース三つにバケツに傘。家具の大半は元々ここにあったものですので、持っていく物はたいしてありません。わたしのスーツケースには本、二着のズボン、三枚のシャツ、二組の下着、靴下、防寒着、ノート、ハンカチ。わたしの遺産目録を作

るのは、きっと簡単ですね。

後部座席に母と並んで座り出発を待ちます。カナダは室内灯をつけて古い地図をにらんでいましたが、灯りを消すと、特に合図もなくハイエースをそろりと出発させました。車は不忍通りを走り、護国寺から首都高に乗りました。わたしは後ろへ次々と飛びすさる街の灯りを見ていました。広告板に女の巨大な微笑が浮かんで消え、頭上からヘリコプターの唸りが聞こえ、事故現場では赤いライトが明滅します。そして林立するビルの影の向こうに不思議とそこだけ光る純白の巨大な雪山が……。それはきっと、隠された、街の無意識なのです。やがてまばゆい全貌を現して、わたしは、

「あ、東京ドーム！」

思わず叫びました。

車は山に分け入って走ります。数時間後、パーキングエリアに滑り込みましたが、時間が遅かったのでレストランも売店も閉まっていました。自動販売機でコーヒーを買うと、母が横から手を伸ばします。紙コップを遠ざけながら、

「人のお茶に手を出すのは、精神的に自立してない証拠」

と言うと、母はふざけて、

「この世で一番おいしいものは、もらい酒である」

と持論を展開するのでした。

母は助手席に移動していました。胸に抱えたカバンから練り菓子の包みを取り出してわたしと

カナダにすすめます。チーズみたいに白くて、断面はざらりとして、中はナッツと一緒にねっとりと練られたお菓子です。カナダが咳をすると、母は彼の太ももに手を置いて笑いました。

「いやよ、カナダさん。うちは、あなただけが頼りなんですからね」

母は支援の手を失うことを恐れるあまり、支援者に対し少し卑屈になるきらいがありました。

わたしは登山用ヘッドライトを点けて本を読み続けていました。太平洋をひとりぼっちでヨットを使って横断した男の手記です。後部座席に長々と寝そべり、大人びた気分で脚を窓枠に上げました。読むのに飽きると窓の外に目をやりました。外は真っ暗なのですが、わたしの目には、ふつうの人々の目には見えない特別のしるしが見えます。それらは、わたしたちの旅が始まるより以前、両親の旅が始まるよりもずっと前、より古層からでてきたことのように思えます。逃亡者にだけ見えるわけですけど、こんなしるしはきっと、昔からあったのですね。やがて、東の空がしらじら明けました。パーキングエリアの駐車場に車を停めて外に出ると、わたしたちは、ついに歩行の許された重病人のようによろめきました。眼下に見る街は再び息づきはじめていました。町を歩けば、洗濯機を回す音や、小鳥のさえずりや、バイクの走行音が聞こえることでしょう。


新しい家は瀬戸内海に面した町のはずれにありました。通勤の車で混み合う市街地を抜けて、車は大きな川を渡ります。ひらけた河原の景色の向こうに工場の煙突が二本見えました。涼しい風が吹いて、白い煙が横にたなびいています。わたしたちの家は山裾にあるのでした。垣根に沿って、細い路地を何度も切り返しながらゆっくり車はのぼって行きます。車は小さな平屋の前で停まりました。荷室からスーツケースを下ろし、わたしは母のあとについて新しい家に入りました。古い畳を敷いた部屋に父の姿を見つけました。父は組んだ腕を頭の後ろにして、仰向けに寝転んでいました。わたしは嬉しくなって、

「克彦ちゃん！」

と叫びました。父は、「どうも、どうも」と言いながら起き上がり、そのままこちらへ来そうになりました。わたしは両手を差しだし、「そのまま、そのまま」とジェスチャーをしました。外では、

「カナダさんが帰るわよ！」

と母が呼んでいるのでした。父はカナダにひとこと挨拶をするために立ち上がりました。父は昔からいつも、「あ、お邪魔しています」という風です。きっと、根が遠慮がちに出来ているのでしょう。戻ってきた父はにっこり笑いました。

「久しぶりだねえ」

「そうでもないぞ」と言って父は頭を掻きました。「ちょっと散歩したけど、いい町だな」

「これから一緒に暮らすの？」

「そうだよ、しばらくはね」

わたしは歓声をあげました。「えっ、そんなことをすると、人目について危ないのでは？」と考えるより先に、つい嬉しくなってはしゃいでしまったのです。

「荷物はどこ?」

父は部屋の隅に転がしてある古いボストンバッグを指差しました。ボストンバッグは革が白く乾き、ひびが入っています。試しに持ってみると、非常に軽くて驚かされました。この軽さが、父が送って来た生活を物語っているのでしょう。父は身元保証人のいらない仕事をいくつもかけもちして、妻子に仕送りを欠かしませんでした。父はたぶん、元は若い技術者だったと思うのですけど、逃亡者になってからはなんでもすることにして、行く先々の町で炭焼きや、漁師や、杜氏の手元や、手織り職人などしました。そんな逃亡者ならいくらでもいるだろうと彼は目尻で笑うのですが、父には父ならでは、というところがあって、それは、人目を避けなくてはいけない生活を送っていながらふんどし一つで海水浴客で混み合う浜辺を歩きまわる、たまの休みにはギターを引っ提げてライブに飛び入り参加する、という大胆さです。

父は無精ひげの生えた顎を撫でて、

「いい家だなあ」

と目を細めました。築年数もそれなりに経っていますから手放しで「いい家」というのは無理があるのですが、水回りもきれいに使ってありましたし、裏庭もあります。

この日の夕飯は買ってきた海苔巻きといなり寿司でした。テーブルがないので床に直接すわって食べました。父と母は瓶ビールで乾杯をし、

「幸せだなあ」

と涙ぐんで呟きました。こんな感動の場面を目の当たりにすると若いわたしは照れ臭く、その

場をするりと抜けて、

「じゃ、また来ますから」

とでもいってそそくさとその場を去りたくなってしまいます。仮暮らしが長いせいか、家族全員が集まって食事をしていても、どこかキャンプのように感じました。


新しい土地で父は植木屋見習いになりました。母はスーパーに仕事を見つけました。わたしはというと、何をしたらいいのか分かりませんでした。最初の一週間は家事に励みました。洗濯をし、家じゅうを掃き清め、風呂場や流しをごしごしと磨き、それでも力が余っていたので夕食の買い物は行きも帰りも走りました。古道具屋に通ってダイニングテーブルと椅子のセットを揃え、良いものが買えたので得意でした。ミシンを借りて、安い布を買ってきて家じゅうのカーテンを縫いました。そのうちにカナダから手紙が来ましたが、そこには住民票のうつしが同封してあり、学校へ通う手続きが整ったから、と書いてあるのでした。

わたしは考え込みました。確かに見かけは子どもなのですが、逃亡の二重生活のせいで中身はずっと老けている気がします。

「工場に働きに出たい」

しぶる両親を説得して、わたしは東洋一といわれるガリ版工場の夜間部に就職しました。昼間は学校へ通い、夜はうつむいてガリ版を切るのです。実はこの工場は効率を優先するあまり、ガリ版ならぬ、工員乙女の盲腸を切ってしまうという、恐ろしい職場でした。工場長にちょっとお腹が痛いなどともらそうものなら、「それはいけない。明日、出勤前に××病院に行ってごらん」などといかにも心配そうに言うのですが、その実、彼は裏で病院の懇意にしている医者に電話をかけて、「先生、明日一番にうちの若いのが行きますから。これはあかん、盲腸炎だから、すぐに切らんと危ない、と言って切ってしまってください」と頼んでいるのです。こうして何人もの工員乙女が工場長に謀《はか》られ、医者にだまされて大事な盲腸を取られたのでした。ある先輩乙女はわたしに、

「あんたも気を付けた方がいい、メンスが辛くても、工場長にだけは言ってはいけないよ。盲腸を取られると、お嫁に行けなくなるんだからね」

と忠告してくれました。でもどうして盲腸を取られるとお嫁に行けなくなるのか。いくら考えてもわたしには分からない。別の先輩乙女に、

「なぜですか」

と訊くと、彼女は着替えの手を止めて、ちょっと考えてから、

「男は馬鹿で、盲腸の手術跡を帝王切開の手術跡と勘違いするからじゃないか」

と首をひねるのでした。

わたしは工員乙女たちの使い走りです。新入りですし、年齢も一番下ですから。「おい新入り、メリヤス針を買ってこい」と言われれば、仕事の手を止めてすぐに購買部まで走ります。メリヤス針は工員乙女が気に入らない同僚の上履きに仕込むために、どうしても必要なのでした。購買部では煙草やタンポンやティッシュなど細々したものを売っていますが、その辺りをよく心得て

いて、他のものを切らしてもメリヤス針を切らすことだけは決してありません。いつも工員乙女たちの会話に耳をそばだてていたわたし。後学のためになに一つききもらさないように注意していました。知識を頭にどんどん、どんどん、たくわえたのです。たとえば仕事のとき使う耳栓は、赤なら「恋人募集中」、黄なら「ご想像におまかせ」、緑なら「恋人あり」という意味です。わたしはそんなことも知らないで、これまでずいぶんデタラメに耳栓の色を選んでいました。恥ずかしいです。また世の中では、

「馬鹿と性交すると、馬鹿がうつる」

と言います。誰もが一度は耳にしたことがあるでしょう。わたし自身も知らぬ間に、ずいぶん長くこの説を信じてきたように思います。誰とでも性交するのは向こうみずで、よくないことだと。しかし工員乙女たちが実地に試してみたところによると、馬鹿と性交しても、馬鹿は少しもうつらなかったそうです。この珍説は、結婚前に女がやたらと性交しないようにするための、いわばでっちあげでした。こうした話はどれもこれも、とても勉強になるのでした。

アイライン、アイシャドウ、つけまつげの化粧を済ませた工員乙女たちが次々と、門の前に列をなす車、日野コンテッサに乗りこんでいきます。わたしもそろそろ家に帰りましょう。二時間ほど眠った後で、今度は昼間の学校に通うのです。本当は、学校になど行きたくありませんでした。でも義務教育だけは受けてくれと母が泣いて頼むので、仕方なく通いました。

この辺りは古くはクジラやイルカのとれた漁村と聞きます。今でも朝早く、ほら貝の鳴る音で

目が覚めることがあります。これはクジラがきた、という合図なのです。しかし残念なことに、よそものはおよびじゃありません。早く目覚めた休日の朝は、バスケットにビール、ウイスキー、海苔、もち、お茶、さつまあげを詰めて父と母と出かけます。渚に磯物を取りに行くのでした。穏やかな入海の向こうに低い島々のつらなりが見えます。母はパラソルの陰でうとうと昼寝をし、わたしと父は渚で一日遊びます。冬、偽物のツリーに豆電球を幾重にも巻きつけたあとで、生まれて初めてカップラーメンなるものを食べました。それもまた今では良い思い出です。父も母もわたしも、食べるのは初めてでした。ふやかしすぎたかも、と母は言い、わたしもひと口食べてみて、ちょっと柔らかめだと思いました。でも父は、「おれは、こしのない麺も好きだよ」と笑って言うのでした。

歩いている人の映像をフィルムに収めて早回ししてみても、走っている人の映像は同じフィルムからは出てきません。歩くことと、走ることとは、違う運動だからです。一軒家に暮らすわたしたち家族の日々の暮らしを記録して早回しすれば、たぶん、どこかへ逃れてゆく運動を見ることができるはずです。わたしたち家族はすっかりこの町に落ち着いて暮らしていたけれど、その実、その場から一歩も動かずに、やっぱり逃げ続けていたのだと思います。

ある日、めったに鳴らない家のチャイムが鳴りました。玄関で格子戸の曇りガラスを透かし見たところ、影に見覚えがありました。戸を引くとカナダがいて平気な様子でまばたきを繰り返していました。

「そのまばたき、本当はどこかに潜んでいる悪い仲間たちへのモールス信号なんでしょう」

「お嬢ちゃんは警戒をおこたらなくて、えらいねえ」

戸を開けてしまったことは自分でも不思議だし、正直、理由はよく分かりません。わたしにはなんとなく、カナダがうす気味悪く思われるのでした。お世話になっている支援者に対し、そんな感情を持つことはよくないと分かっているのですが。カナダはすり切れて白くなった革ジャンパーを着ていました。

「相変わらず、不幸な少女の顔をしているね」

カナダによると、わたしは性的には未熟でありながらもつよい好奇心を持ち、中年男性を性的に挑発してやまないような、そんな少女に成長しているのでした。

「あんたに、クリスマスプレゼントを持ってきたよ。あんたが今、いちばん欲しいものだよ」

胸騒ぎを覚えて居間に戻ると、父と母の間に見知らぬ女の子がひとり座っていました。母はわたしに言いました。

「モニカちゃん、あんたの妹よ」

母はいつのまに妹を産んだのか。どこか暗く地味な印象の少女でした。胸には鏡獅子の羽子板をしっかりと抱いていました。見つめると、鈍重で色が黒く脚の太い妹はミシン机の下に隠れてしまいました。ミシン机の下は部屋のない子どもの城です。夜中に気になってふとたんすの引き出しをあけると、長い間しまっておいたものと目が合うことがあります。わたしの妹はこうした妖怪を思わせました。

「ちがう、ちがう、欲しいのは妹じゃない、友達なの」

妹の視線を感じながら、わたしはだだをこねました。どこからかたぬきばやしが聞こえてきます。その拍子にあわせて、一心にだだをこねました。父は困ったように下を向き、母は陰険《いんけん》な笑みを浮かべて、

「モニカちゃん、そうじゃないでしょ」

と言うのです。

「あなたに必要なのは友達じゃないでしょ。同志でしょ」

「違う！」悲鳴をあげると、目が覚めました。驚いた顔をした教師と目が合います。夜間勤務の影響で、わたしは学校の授業中、よく居眠りをしました。

「どうかしましたか？」

先生はいじわるく、わざとそんな質問をするのです。周りの女生徒たちからくすくす笑いが起こりました。まだ胸が高鳴っていました。わたしは机の上のひらいた教科書に目を落としました。背中には、びっしょりと汗をかいているのでした。

学校では授業中、後ろからつつかれて、そっと結び文を渡されることがあります。宛て名を確かめて、次の人へ回してやります。生徒たちは教師の目を盗んで文を書き、授業中にさかんに回すのです。愛は、秘密の書面の中にしっかりと息づいていました。手紙は、星や、小さな封筒の形に美しく折られています。わたしも一つもらいました。ハート形に固く折り込まれた文を開くとそこにはたった一言、

「ひとごろしのむすめ」

と書いてありました。わたしは急に息がとても苦しくなり我慢できなくなって、気がつくと廊下に飛び出していました。やみくもに走っていると、誰かにぶつかって転びました。きれいにお化粧した女の先生でした。女先生はわたしに手を貸して立たせてくれ、

「どうかしましたか?」

と優しく言うのでした。彼女がこちらに手を差しのべるとすみれの良い香りがふっとして、すっかり上がってしまいました。赤い顔をしたわたしに先生は苦笑して、

「あなたも大変ねえ」

とスカートについた埃を払ってくれました。お礼を言おうと口を開くと、聞いたこともない、低いしわがれ声が出てきます。

「大変とは易く言ってくれるな。他人のお前さんに、何が分かるもんかね」

わたしはああっと叫んでしゃがみこみ、両手で口をふさぎました。視界の隅に、スカートをひるがえして逃げて行く女先生の姿が見えました。ほっとするような、さみしいような、そうでもないような。

口を歪めてこらえるその間にも、指の隙間からは少しずつ、呪いが滲みだしてくるのでした。

学校から家に帰ると、母も父もそろっていました。わたしたちはそれぞれ仕事が終わる時間が違いますから、こんなことは珍しいのです。

「早かったわね、夕飯まで、まだ二時間はかかるわよ」

父と母は餃子を作っていました。性交あけのようにはしゃいで、餃子の皮を手に乗せ、タネをスプーンにすくい、丸い皮を二つに畳んでひだを寄せる。きゅっきゅっと笑いながら、父の太い指が女の唇でも摘まむようにぎゅっと餃子の皮を閉じる様を見ていると、卑猥さに頭がくらくらしました。こんなとき、

「男親と暮らすのは久しぶりだから、まだ慣れない部分もあるのだな」

としみじみ思うのでした。母にそう言うと、

「馬鹿なこと言ってないで、先に妹と風呂に入りなさい」

と叱られました。

妹はミシン机の下にはいなくて、家じゅう探したけれどどこにもいませんでした。諦めてパジャマを取り出そうとたんすを開けると、引き出しの奥の方に、樟脳《しょうのう》の袋と一緒にしまわれていました。

風呂場の床はタイルが一ヵ所はがれ落ちています。バスタブは古くて黄ばんでいました。妹と肩まで湯に浸かると、天井から冷たい水滴がしたたり落ちました。窓を細く開けるとまず目隠しのすだれがあり、隙間からのぞくと街の灯が点々と見えて、その先に暗い海があるのでした。窓のすぐ下に夏草が高く生い茂って、夜風に揺れていました。列車の汽笛が風に乗って、微かに聞こえてきました。わたしは自分と妹の頭をごしごし洗い、手桶でお湯をかけて泡を流しました。

風呂からあがると茹でた餃子をおかずにご飯を食べました。父と母はビールを飲んでいました。

「元気がないわね」母がするどく指摘しましたが、わたしは、

「わたし？」

ととぼけました。

母は歌うように続けました。

「人を呪わば穴二つ」

わたしは餃子を食べる手を止めて尋ねました。「それってつまり、怒りはわたしの体に穴を二つ穿つ、そう言うこと？」

「そうよ、モニカ」母は言いました。


カナダがまた家を訪ねてきました。カナダはわたしへの土産だと言って汚いスーパーのビニール袋を抱えて来ました。なかをのぞいた父が、

「おっ、立派なワラビ」

と言いました。

産毛におおわれた大量の生ワラビ。季節外れの生ワラビなど、あくが強くて食べられたものではありません。

「自分であく抜きしてごらん」

カナダは楽しそうに言いました。父も母も、せっかくのご馳走なのだから、ぜひそうするように、と言うので、わたしは仕方なくずっしり重いスーパーの袋を受け取りました。台所に行くと適当な大きさの鍋はみんなふさがっています。空いている鍋がなかったと言うと、母は眉をひそ

めました。「でもねえ、カナダさんの、せっかくのご厚意じゃない」

「そうですよ、新鮮なうちに、急いで食べましょうよ」カナダも横から言いました。

生ワラビをじかに触ると、はだかの腕に生ワラビの産毛が刺さって、産毛が刺さった場所は、赤く腫《は》れるのです。わたしはかゆい腕をかきながら、途方に暮れていました。西日の射す台所で、ちょうどいい大きさの鍋を探し続けました。鍋は見つからず、代わりに古い卵が見つかりました。なにげなくそれを手に取り、西日に透かして黄身が崩れていないか確かめていると、

「女の子がそんなはしたないことするんじゃありません」

と声がしました。

「はしたない？」

振り返るとカナダでした。

「嫁入り前の女の子が卵をいじってはいけませんよ。きみは結婚したら、さぞやいい奥さんになるだろうなあ」

などと言うので、わたしは心底ぞうっとしました。

カナダは勝手に家の電気冷蔵庫を開け、粉末ゼリーの素を溶かして作ったゼリーを見つけて金属カップのふちからつるつると四つも呑みました。カナダの声は緑のゼリーのためなのか、それとも赤いゼリーのためなのか、女のように甲高い、甘ったるい声音にかわっています。カナダはわたしに嫌がられていることにも気づかず、うふっと笑って、

「ねえモニカちゃんて、どうしてそんな変わった名前なの？」

と体をくねらせました。

「適当だと思います」わたしは腕をぽりぽりかきながら応えました。

「父と母が初めてのデートで観た映画のタイトルから採りました」

「友達も、少しは作らないとね」

「わたし、もう少しで、堕《お》ろされるところだったらしいんです」

「外国の名前みたいだね」

「今では珍しくもなんともないですよ」

「髪を伸ばしたね。あなたはショートですっきりしている感じが清潔でよかったのに」

カナダは残念そうに言いました。

ちょうどいい大きさの鍋は流しの下で見つけました。でも、あくを抜くのに必要な灰がありません。居間の方からカナダの声が聞こえました。

「本当に灰はないのかなあ。なにか燃やすものがあれば、灰なんてすぐに作れるでしょう」

すると、母が居間から大声で「モニカちゃん」と呼びました。

「あなた、日記を書いているでしょう、日記を燃やして灰を作りなさい、ママ、いつも言っているでしょう、逃亡者に日記はご法度だって」

わたしは鍋を抱えたまま立ちすくみました。母は、何を言っているのでしょう。わたしは日記など書いてはいないのです。そんなことをすれば日記帳と親しい友達になった気がしてなんでも話してしまうでしょう。帳面に名前をつけ、帳面宛てに手紙でも書くようにせっせと書いて、そうやって秘密は漏れていくのです。台所の入り口にかかったのれんを分け、父がのっそりやって来て、わたしを助けてくれました。「日記を燃やすことはないよ」

田舎から取り寄せた柿の箱にもみ殻が詰まっていたから、それを燃やせばいいよと父は言いました。酔っていい気持ちになったらしいカナダの声が台所まで響いてきました。父は何も言いませんが、わたしと同じで、やはりカナダが苦手なようでした。生ワラビと灰を一緒に煮るころには、すでに陽は落ちていました。暗い台所で菜箸を握りしめ、煮えたぎる鍋の湯を見つめました。鍋からは、甘いような嫌な匂いが漂っていました。もしかするとこのとき初めて、わたしはカナダに殺意を抱いたのかもしれません。


繰り出し式ナイフでねっとりしたチーズを切り取り、ハムを薄紙からぺりりと剝がし、二つに割った丸パンに挟んでかぶりつく。食後には剝いた柿を食べました。壁に掛けた時計の針がこちこちと時を刻みます。柿にフォークを刺し、口に運びながら、

「ねえママ、次はどこへ行くの?」

とわたしは尋ねるのでした。父は仕事に出かけ、母は休業日、わたしは風邪の治りかけで家にいるのでした。

「そうねえ」

母はぼんやり言いましたが、そのまま口をつぐんでしまいました。何か考えているようでもあるし、何も考えていないようでもあります。次にどこへ行くのかということについては、こっち

も年中、このことばっかり考えていますから、そういう返事があるとここぞとばかりに張り切って、ここは？　あそこは？　と母に提案するのでした。でもまるで手応えがありません。

逃亡生活とは一見破天荒に見えて実のところ冒険もなければ偶然もない、そんな生き方なのです。石橋を叩いてはチェックを繰り返す、そんなつまらない、決断とも言えない決断の繰り返しです。わたしだって人並みに人生のくねくね道や曲がり道を楽しんでみたかった、でも実際には、まっすぐで平坦な道を端から端まで歩いてまた戻る、そんな生活なのでした。組織によってあらかじめ用意された場所ではなく、時には地図を的にして、ダーツを投げて矢の刺さったところへ気ままに向かいたい、そう思うこともあります。

長い間、偽名を、その直前に住んだ土地から取るのは母とわたしの気晴らしでした。住民登録をするとき、組織は好きな名前を選ばせてくれました。沼津さん、長岡さん、北見さん、水戸さん、吹田さん。わたしは、りよん、ぽーとらんど、りお、なんかも、そこに加えてみたかったです。

「ミシンがあれば、あんたの服でも作るんだけど」と母が言いました。

「そんな趣味、あったっけ？」

「一時期、服のほとんどは手製だった。青いチャイナドレスを手で縫って、それを着て町へ出かけたこともある。信号を待っているとき、知らない人にほめられた」

「それって、京都に住んでたときのこと？」

母が過去の話をするのは珍しいことでした。

「そう。そのころは髪を長く伸ばして、頭の後ろにひっつめにして、バレリーナのようにすましてた。世間の目を欺くためにわざと顔も耳も丸出しにして、隠すことなどありませんって、アピールしてた。頭の上で無造作にまとめても、髪が顔にぱらぱら落ちかかる、そんな真似をしていると、この人は何か後ろめたいことがあるんじゃないか、秘密があるんじゃないか、って勘繰られてしまうから」

　空には雲が厚く垂れこめ、大気はしっとりしていました。この辺りでは雪はめったに降らず、それは海に流れ込む暖流の関係なのです。冷たい海に流れ込む暖かい潮の流れのせいで、眠くなってしまいます。奥の部屋で電話が鳴り、母は部屋を出て行きました。すぐに戻って来たのですが、いつまで経ってもなかに入らず、敷居のところでぼうっとしています。誰からの電話だったのでしょう。あっ、悪い知らせだ、わたしはとっさに閃きました。きっと、父親が殺されたか、誘拐されたかしたのでしょう。

「ママ、ママ。正直に言って。悪い知らせよね？」

　母はゆっくりこちらに視線を向けました。母が**党**の名前を出したので驚きました。家庭の中でその名前を口にするのは、禁じられていたからです。わたしは眉をひそめました。

「解散したって」

　ぽつんと母が言います。

　正しくは解散ではありませんでした。わたしたち家族は、**党**が非合法闘争路線を転換し、南九州で自社農場を開き、大地を開拓して芋を植え焼き芋屋を始めた、というニュースを支援者からの電話で知ったのでした。

「つまり、わたしたち、もう逃げなくてもいいってこと？」

「まだ警戒を解かない方がいい」知らせを受けてすぐに帰宅した父は難しい顔をして言いました。

「なんで焼き芋屋なの」

「エコロジーだよ」

「エコロジーなんて、昔はカルトみたいな扱いだったのに」母は言いました。

いいニュースのはずなのに、わたしたち家族はただ呆然として、虚ろな顔で座り込むのでした。父はあちこち電話をして情報の裏を取りました。その間、母の顔はどんどん青ざめ、ぎゅっと握りしめた手の関節が白くなっていました。受話器を置いた父が振り返って、

「解放されたんだ、ばんざい！」

と叫ぶと、母は泣き出しました。


少しして落ち着くと、両親は、モニカ、将来はどうするつもり、とわたしに尋ねました。でも、将来って、あるのでしょうか。かつては、将来何になるのと訊かれると、逃げて、逃げて、逃げた先のどこか遠い国の料理店で年増のウエイトレスとしてバイトする自分の姿が浮かんできたものです。想像のなかの自分はスカートを穿いて、汚い白いドタ靴を履いていました。ストッキングの足元がすうすうとうすら寒い感触までがまざまざと浮かびました。いまでは不思議と、何も思い浮かびません。

わたしは仕事が休みの雨の日には、ラジオドラマを聞くことにしています。わたしが当時夢中になっていたのは、耳に重たい感触を残すサスペンスドラマです。それは、こんな筋立てでした。過去の犯罪を隠ぺいし、しかしその後はどんな些細な法もおろそかにせず、ささやかに市民生活を営んできた女は、ある日突然、過去の悪事を暴かれて、裁きを受ける羽目になる――。主人公は空襲で家が焼け、親戚に赤ん坊を預け、自分はクリーニング屋の二階に寝起きして昼も夜もなく働いてきた女。そんな女のもとに、未清算の過去が復讐しにやって来るのです。

わたしとしてはこんな風に罪と罰を擬人化してしまうのはよくないと思いました。ラジオドラマの女主人公は過去の殺人にちょうど釣り合うような報いを受けるのですが、わたしが軽蔑を感じるのは、まさしくこの、

「釣り合い」

の部分なのです。

わたしは、

「あ、たぶん、この女は、最後に死ぬんだな」

と聞いていて思いました。わたしだけでなく、きっと多くの聴取者がそう思ったことでしょう。一度、番組を聞いただけの母でさえ、

「この女、最後には死ぬのね」

と言っていました。

女主人公は自分を裏切った若い男への憎しみから鉄製の花瓶をその頭に打ち下ろしたのでした。最初の一撃は恐ろしい、でも何度も何度も花瓶を振るうちに反復の快楽のようなものが芽生えて、止められなくなってしまったと言います。鉄花瓶を振る動作に、自分自身を見つけてしまったのです。

女主人公の口の端に自然と笑みが浮かぶ、そんな回想シーンが頻繁にさしはさまれると、わたしはどきっとしてしまいます。どきっとしたとたんに子宮がひきつけを起こしたのか、初めて生理になりました。母は、小豆飯を炊いてお祝いしてくれました。

こうしてまたひとつ、大人の階段を上がったせいでしょうか、春になるとわたしは、中学を卒業してしまいました、不思議なものです。昼間の時間を自由に使えるようになったので、工場で本格的に働きはじめました。逃亡という張り合いも失ってしまい、わたしは毎日、退屈で仕方ありませんでした。

木枯らしの吹くスーパーマーケットの駐車場に風変わりな形をした真新しい車が停まっています。わたしは、まじまじと見つめました。外国の車でしょうか。鼻先にはエキゾチックなマーク、空は暗く、ぴかぴかのボンネットには信号機の点滅が映っています。ワイパーには落ち葉が一枚。車のなかから降りてきたのはカナダです。近頃若い男性に人気だというヒールのあるブーツに、ジーンズを穿いた若々しい姿でした。

そもそもわたしは食料品の購入に来たのですが、カナダは気安く「よう」と言い、わたしが黙

っていると、

「少し歩こうか」

とうながしました。

わたしたちは薄曇りの空の下を山へむかって歩きました。小川にかかる橋を渡ります。冷たそうな水の流れに見える濃い影は、魚の群れです。一瞬きらりと青白く光る矩形、あれも魚。

「今日は何のご用でしょうか」わざと丁寧に訊くと、「聞きましたか」とカナダが口を開くので、わたしは当然、党が南九州で自社農場を開き、焼き芋屋を始めた話だと思って、

「はい、聞きました。時代ですね」

と笑いました。

するとカナダは真面目な顔になって、

「他人行儀な口の利き方は止めなさい、もうすぐ夫婦になるんだから」

と言うのです。わたしははっと胸をつかれて立ち止まりました。でもひょっとしたら聞き間違いではないかと思って、だまってまた歩き始めました。川音に耳をすませていると、わけもなく不安がつのります。

「恋人はいるのか」とカナダは言い、不意をつかれたわたしはつい、ぞんざいな口を利いてしまいました。カナダの術にまんまとはまってしまったのかもしれません。「そりゃ、決まった恋人がいた方が健康にはいいと思うけど……」その後をどう続けていいのか分からなくなって、口をつぐみました。そもそもそれは工場で聞きかじったことなのです。

「免疫力を鍛えてあとは性病にさえ気をつけていれば、乱交でもかえって健康に意識が向いて長生きすると言いますすね」

「ワラビを持ってきた日があっただろう、実はあの日、あんたに結婚を申し込むつもりだったんだ」

彼はあけすけにわたしを見つめました。その顔は不眠のいらいらした顔で、大変みじめな様子で、目ばかりがぎらぎらと光っていました。

わたしは、自分がいつのまにか男性を爽やかに誘惑する少女から、男性を破滅させる恐るべき魔性の女へと成熟を遂げていたのだと気づきました。


わたしは家に帰って父と母のところにまっすぐ行くと、近々カナダと結婚し、この家を出るつもりだと伝えました。

父も母も最初のうちは冗談だと思い、真面目に受け取ってくれませんでした。けれどもわたしが本気だと知ると、あわて出しました。「子どもが出来たの」母はただちに尋ねました。

「いいえ」わたしは応えました。「確かになんでも自力で道を切り開くことをよしとするあなた方の世代にとっては、結婚は腹の立つものなのかもしれません」

わたしは言いました。もうすでに口調もよそよそしい、他人のものとなっていたのです。

結婚というものは一種の特定的売淫なのだとわたしも思います。でも、誰もわたしの結婚を思いとどまらせることはできないのです。父は顔を真っ赤にしてうなだれ、「どこの国に十五やそこらで結婚する娘がいる」と言いました。この発言は無意味で差別的だと思いました。母は泣きました。わたしは馬鹿馬鹿しくなり、すべてを聞き流して席を立ちました。

黙りがちな夕食の後で父がわたしを庭に誘いました。これがいつもの彼の手です。ざっくばらんに腹を割って話せば、かならず分かり合えると思っているのです。思えば実人生から学ぶことの少ない、夢見がちな人でした。

父と並んで暗い庭にしゃがむと、リビングから後光のように光が射しました。庭仕事の好きな父は引っ越した次の日からせっせと手を入れ、固く縮こまった土をふかふかにして花の種を蒔きました。栄養の悪いひょろりとした育ちのよくない木々の世話をしました。おかげで家の金木犀《きんもくせい》や南天の木は、はっぱの裏まで清潔です。

「親にとって、子どもの可能性の芽を摘んでしまうほど悲しいことはないんだ」

父は穏やかに切り出しました。可能性の芽? 一体、なんのことでしょう。わたしは草や花の種子ではありません、人間です。雑草の種子が風で散って根を下ろす、そんな想像力はヒッピームーブメントの産物だと思います。

そもそもわたしはヒッピーが嫌いです。

「まあそうカリカリするな。少しカルシウムをとって落ち着きなさい」

父はそういって台所からヨーグルトのカップを二つ持ってきました。スプーンがないので取りに行こうとすると、「バックパッキングしていたときは、よくこうしていたんだ」といって父は紙カップのふちに口をつけ、のどぼどけを上下させて中身を飲んでから底を叩いてたまったものを落としました。わたしは軽い吐き気を感じながら「バックパッキングにはいつ行ったの」と尋ねました。

「大学一年の夏」

「どこに行ったの」

「ヨーロッパ」

父は旅程を教えてくれました。ミラノ、ローマ、シチリア、ナポリ、再びローマ、パリ、ロンドン、またパリ、ミュンヘン、オーストリア、ハンガリー、ルーマニア、ブルガリア、トルコ、ベニス。

「その後はどうなったの」

「帰国してすぐ、おかあさんに会ったんだ」

「ああ、そうか」

「おかあさんは演説が誰よりうまくてジャンヌ・ダルクと呼ばれていた」

「党ではなにをしていたの」

「おとうさんは連絡役だった。非公然の革命軍と、公然組織をつないでいたんだ」

父は煙草を吸ってもいいかと尋ねました。わたしがうなずくと空き缶を持ってきて灰皿の代わりにしました。そしてわたしと母が山間部のコミューンに住んでいた時、半年ものあいだ一度も面会に行かなかったこと、手紙を出しても途中で紛失したのか届かず、結果としてわたしと母に寂しい思いをさせてしまったことを今さらのように詫びるのでした。

わたしは家出をすることにしました。旅はわたしの生き方そのものなのです。父も母もいつかきっと分かってくれる、そんな風に思って、少したためらいもあったけれどやっぱり家を出ることにしました。カナダに手紙を書こうと思いましたが、考えてみるとわたしは彼の住所を知りません。ガリ版工場の同僚に相談したところ、

「工場の寮があるから、恋人に連絡が取れるまで、しばらくそこにいたらいい。ベッドが一つ空いているから」

と言ってくれました。

仕事がひけたあとで、わたしは巾着袋に財布と歯ぶらしを入れて、彼女について行きました。同僚はミツ子さんという名前でした。少し耳が遠いのですが、それは昔、同棲していた恋人に手ひどく殴られたためだというわさがありました。真面目な人で、あまり熱心に仕事をするので、他の同僚たちからは嫌われていました。

寮は線路をはさんだ街の反対側にあります。「近道だから」と言われて鉄道のガード下をくぐると、じっとり湿ったコンクリートの壁に「一人一殺の血盟団」とか「解放せよ！」とか書いた古いビラがベタベタ貼ってあり珍しかったです。考えてみると、駅の向こうの旧地区に来たのは初めてなのでした。高架下には古本や古着の露店が出ていました。道端に縁台をだし、色んなガラクタや果物や干した海産物を並べて売っている店がありました。川の両岸はコンクリートで固められて、辺りには揚げ油のいい匂いが漂っていました。ラジオが野球中継を流し、鳩が夕空を

旋回していました。

木造アパートの寮に着くとミツ子さんは、

「ちょっと狭いけど、落ち着ける場所だから」

と言い訳するように言いました。

部屋はだいたい六畳ほどの広さで、二段ベッドが四台入れてあり、それ以上は一台も入りそうにありません。右奥のベッドの下段が、ミツ子さんの住家でした。ミツ子さんはカーテンを開けて自分のベッドに入り古い炊飯器を抱えて出てきました。

「夕飯は、そこにある伝票で配達してもらうこともできる。でも配達のお弁当は冷たいし、味つけも濃いし、高いし、飯も小さな箱に盛り切りで。だから、自炊することにしてるの」

ミツ子さんはカバンの中から野菜となまの米の入ったビニール袋を取り出して、わたしについてくるように言いました。下宿の共同洗面所で野菜を洗うと、ミツ子さんは折りたたみ式まな板と鞘《さや》に入った小さな包丁を取り出して、不安定な流しのふちで器用に野菜を切り、使い終わった包丁はきれいに洗って、また鞘にしまいました。カップで米を計り、水道の水で研ぎました。わたしもやらせてもらったのですが、手を水にひたして米を研ぐ感触が、心をすっと落ち着かせてくれました。この日、わたしはミツ子さんに晩御飯をご馳走になりました。刻んだあぶらあげ、人参、ごぼう、れんこんの入ったしょうゆ味のかやく飯で、おいしかったです。

瞬きもせぬ堅い灯よ。ミツ子さんがか細い声で歌いました。窓の外は青く暮れてゆきました。わたしは歌声に耳を傾けていると、世話役さんに引率された子たちが帰って来ました。わたしはミツ子さんに前もって言われていた通り、世話役さんに紙に包んだ現金を渡しました。

「男子禁制。夜は、敷地内に犬を放してあるので、危ないから出歩かないこと」

指をなめてお札を数えてから世話役さんは言いました。

「犬は、防犯のためですか」

と尋ねると、顔色一つ変えずに、

「ううん、逃亡防止のため。でも、夜だけだから」

と言うのでした。

あいにくベッドは定員いっぱいで、しばらくの間、ミツ子さんのベッドにお邪魔することになりました。

「すみません、窮屈ですね」

「いいのよ、あんたは、わたしより妹なんだもの」

そう鷹揚《おうよう》に返事をしたミツ子さんは、なぜかはだかなのでした。

「ミツ子さん、どうしてはだかなんですか」

「聞いたことない？　はだか寝健康法」

それを聞いて、わたしもあわてて服を脱ぎました。あらゆる健康法は、それが出来たばかりの頃は革命的です。疑いが、パンツ一枚分残りました。でも世間では、郷に入れば郷に従えといいます。最後には勇気をだして、えいっとパンツも脱ぎ捨てました。ミツ子さんの隣に横たわると、自動的に大きな山影のふもとにぽつんと灯る、小さな灯りが脳裏に浮かびました。大きな山に抱かれた小さな灯りをともす民家が、わたしなのでした。

ミツ子さんは腕を伸ばしてわたしを引き寄せると、すべすべした頬に頬、丸い胸に胸、豊かな腹に腹、ぽっちゃりした脚をからめました。なるほど、ベッドが狭いとはこういうことかと思います。

「わたし、いくつに見える?」

しめった息と一緒に耳元に質問を吹き込むので、

「同じ歳くらいか、少し上だと思いますけど」

少し考えて言うと、ミツ子さんは身をよじらせて、くくっ、と笑いました。

ミツ子さんは、

「あなたはいい子ね。わたしは、少し若く言ってここにいるの。黙っていてね」

とささやきました。


ミツ子さんの助言もあり、わたしは両親に見つからないよう、ほとぼりが冷めるまで工場の仕事を休むことにしました。昼間はひまなので掃除でもしようと思うのですが、掃除道具のある場所が分かりません。誰かに訊きたいのですが、余計なことをするなと叱られそうなので黙っています。一度、仕事で疲れて帰ってくるミツ子さんのために夕飯を作ろうとしたのですが、世話役さんに、

「みんなの共同洗面所を、勝手に台所にするな」

と強く叱責されました。それで、ぼんやりしたまま日を暮らし、帰宅したミツ子さんに土産などもらって喜んでいました。ミツ子さんは根が正直なまったくの善人で、なにくれとなくわたしの世話を焼いてくれました。

「ねえ、お金に困ってない？」

世話役さんと賭け将棋をしていた女の子が、盤から顔をあげました。勇み肌のこの人は、確か、リカさん、と皆から呼ばれていました。

「血液売れば？　紹介してあげる」

「えっ、血液ですか」

リカさんによると、ここで暮らす女の子たちは、小遣いが足りなくなると銀行に血液を売りに行くそうです。銀行も最近は手広く商売をしていて、貨幣だけではなく血液もあつかうのです。銀行に行けば紅茶も飲ませてくれるし、お菓子も食べさせてくれます。売った血液のなかから赤血球だけは返してもらえるので、その赤血球を元手にまた血を増やせばいい、こんなうまい話って、あるのでしょうか？

この話をすると、ミツ子さんは顔色を変えて、「まだ子どもなのに、血を売るなんて絶対にダメ」と言いました。「ここにいる誰とも付き合わないほうがいい。ここには、悪い連中が沢山いるから」

世話役さんとリカさんは工場には出勤しません。

「あの人たちはね、工場幹部の愛人なのよ」

こうしたことは全部、跳ね馬さんが教えてくれました。跳ね馬さんの大きくて暗い目は、二人が煙草を吸いに出て行った部屋の扉にぴたりと吸いついているのでした。跳ね馬さんもこの部屋の住人ですが、最近、仕事をクビになったとかで、昼間は部屋に残ってもっぱらトランプの一人占いをしていました。自分からはほとんど誰とも口を利かないのですが、古株らしく色々なことを知っていて、訊けば教えてくれました。たとえば、朝と晩、仕事の行き帰りに工場勤務の人たちが隊伍を組んで歩くのは悪い男に後をつけられたり、神隠しにあわないようにするためだと言われているけど、本当は逃げださないようにお互いに見張っているのだ、とか。また夜は部屋に外から鍵をかけてしまうので、別の場所にある寮で火事が起こったとき大勢の女の子が焼け死んだのだ、とか。それらの話ももちろん、興味深いのですけれど、世話役さんとリカさんのいない時を狙って、わたしは目下のところ気になっていることを尋ねてみました。

「銀行は、血液を買い集めてどうするんですか」

「さあ」

跳ね馬さんは無関心に首をひねりました。

もし立派な目的があるのなら、無償でもぜひ協力したいのですが。そう相談すると、

「やめておいたほうがいいよ」

ときっぱり言って、跳ね馬さんは長い髪をばさりと振りました。

「自分で自分の身を喰って生きていくことはできないからね」

「でもタコは、自分の脚を食べることがあるという話ですけど」

「そんなものより、もっといいものがあるよ。食べるならこっちにしなさい」

跳ね馬さんは意味ありげににこりと笑ってトランプを放り出すと、自分のベッドからビニール袋を持ってきました。袋はずっしりと持ち重りがして、口を開くと粉末がぎっしり詰まっていました。

「粉末ピューレ、味見してみる?」

跳ね馬さんはこの粉末ピューレを小分けにし、同室の女の子たちに売って日銭を稼いでいるそうです。疲れてなにもする気になれないときもこれをぬるま湯に溶かして食べればたちまち効き目が表れて元気が出る、頭がはっきりして目がよく見えるようになる、便秘、貧血症、肌荒れ、口角炎、夜尿症、なんでも効き目がある。粉末ピューレは魔法の薬でした。

うながされるままひと口なめて、わたしは思わず、

「にがいっ」

と大きな声で叫びました。

跳ね馬さんはふふふ、と笑って、

「ひと包みあげるから、しばらくためしてごらん。最初はタダでいいから」

とわたしの手に紙包みをにぎらせました。

世話役さんとリカさんの二人が帰ってくると跳ね馬さんは粉末ピューレの袋をすっと隠しました。リカさんはほかほか湯気を立てる小さな深鉢を持っていました。それは二人の尿なのです。

窓辺に並んだみんなの魔法瓶の薬湯に、こっそり自分たちの尿を混ぜるのです。最初のうち、わ

たしは二人がなにをしているのかまったく分かりませんでした。喘息《ぜんそく》や虚弱体質に悩む女の子たちは、毎晩毎朝、この薬湯を飲みます。こんな陰湿さはわたしもよく知っていますし、懐かしい気すらします。いじめかなと最初は思いました。でもあるとき気づいたのです。これは恐ろしい罠なのでした。なにも知らずに二人の尿を飲む女の子たちは、二人に内側からあやつられてしまうのです。一生、世話役さんとリカさんの支配から逃れられないでしょう。

夕方になると昼間の工場勤務の女の子たちが戻ってきて、寮全体がにぎやかになります。入れ替わるように、昼間寝て夜働く女の子たちが出勤をしました。爪をきれいにマニキュアし、疲れていても髪の毛のピンカールを忘れず、夜は黒塗りの車が迎えに来て仕事に行く女の子たち。実はわたしは、美しく着飾った彼女たちに憧れていました。夜の仕事に出かける女の子たちは、コルセットから下がるガーターで靴下を留めます。靴下は縫い目のすじがまっすぐ後ろへゆくようにしてピンと張り、腿のあたりで二重に折ります。その二重の厚いところへ靴下吊りを留めるのですが、そんな一連の動作も、わたしの目には輝いて見えました。

粉末をぬるま湯に溶いて食べると、まず体から力が抜けます。十分もすると猛烈に力が湧き、心にとめどなく言葉があふれました。わたしは気を散じるために、アパートを出て歩きまわりたいと思いましたが、外に出ることは禁じられていました。

ヒタヒタ、ヒタヒタ。音がします。橋の下の川は、黒い水をまんまんとたたえます。潮が満ちる時間でした。わたしはきっと、その音を聞いたのでしょう。霧雨に海の香りが混じります。沖をゆく船の汽笛が聞こえます。石造りの橋の上で川の水の流れに声もなく見とれていると、差した赤い傘の下から袖《そで》を引かれることがありました。雨もようのこんな日は気をつけないといけない、心が漂うままにぼんやりしていると、神隠しにあいますから。

ヒタヒタ、ヒタヒタ。

それは地下を歩く足音でした。ヒタヒタ、ヒタヒタ、音は響きます。水滴の滴り落ちる音もします。学生会館の地階は真夏でもひやりと湿気っています。鉄パイプを握りしめた覆面の一群が行きます。部屋の鉄扉をがあん、があん、と叩きまわって、誰か探しているのです。大声をあげて誰何します。とある扉の前でヒタ、と足音が止まりました。覆面の人々は、鉄パイプをかざしてなだれ込みます。見つかってしまった誰かが、引きずり出され、めちゃくちゃに踏みつけられ、殴りつけられて、人相がわからないほど膨れあがります。死体は舌を何寸も出していました。

そうですこれはまだ若かった、わたしの両親の殺戮《さつりく》の記憶。

ヒタヒタ、ヒタヒタ。

ねえ、ねえ、と誰かがわたしに呼びかけています。わたしは、二段ベッドの下段に横たわっているのでした。ベッドの主が手を伸ばして体を揺すりました。

「寝るなら、自分のベッドで寝て」

「あっ、すみません」わたしは飛び起きました。

声はベッドの主でした。入れ替わりの激しい同部屋の女の子たち一人ひとりを見分けるのが、わたしにはいつまでも難しかった。彼女は枕元に転がった空の紙包みを摘みあげると、鼻を鳴らしました。

「だらしないね、たったこれっぽっちで」

ベッドの主は、この三倍を摂取しても平気だとか。三倍、と言った指が四本立っています。それがなぜか途方もなくおかしくて、わたしは笑って笑って止まらず、涙を流して笑い続けました。さすがに向こうはムッとしていましたが、さっさと自分のベッドにもぐりこむと、カーテンをぴしゃりと閉めました。しばらくすると、微かないびきが聞こえてきました。

わたしは粉末ピューレを買いつづけました。一日に何度も跳ね馬さんのベッドの前に行き、カーテンの隙間からためらいがちに声をかけました。不在ということはないのです。世話役さんとリカさんに咎められそうで、二人のいない時を狙いました。ミツ子さんには粉末ピューレのことは秘密にしていました。反対されるのではないかと思いました。ミツ子さんは毎晩わたしをぎゅっと抱きしめて、

「服も靴も、ハンドバッグも買ってあげる。だからあんたはずっとここにいるのよ」

とささやいていましたが、それは無理な相談です。旅立つ時がくれば、わたしは渡り鳥のようにさっさと行ってしまうでしょう。でもよくしてくれる彼女に悪くて、黙っていました。

雑木林を切り開き
借家がドンドン建てられる

これが当時、夢うつつに何度も聞いたミツ子さんの歌です。夕焼け、焼け残った建物の枠組み、うずたかく積もったがれき、人の姿はなく、街路樹も青い葉を焼かれて焦げていました。噴きだしたヤニが木の幹にこびりついている。何度も夢に見たこの寂しい光景は、もしかすると彼女の心の光景だったのかもしれません。ミツ子さんがどういう素性の人なのか、わたしは少しも知らないのでした。

粉末ピューレを買い始めてからしばらくすると、

「お金がない人には売れないよ」

と断られるようになりました。わたしは驚いて、ただまじまじと跳ね馬さんの顔を見るばかりでした。

何度目かに断られた時、脳を閻魔帳《えんまちょう》に見立て、ぱらぱらページをめくるつもりで跳ね馬さんの情報を呼びだしてみました。――少しも思い出せません。親切な人だったのか、そうでもないのか。記憶力には自信はあるほうだったのに、霞がかかったようになにも思い出せない。その霞の向こうから、警告や注意や即時避難を喚起するサイレンの吹鳴《すいめい》がします。口を大きく横に広げると薄い唇がめくれあがり、肉のもりあがった鼻が広がって、そばかすと虫の食った黒い歯がちらりと見えました。髪がばらっとうちかかり、大きな目を徐々に細めて息を大きく吐きます。あ、なんだか怖い。笑顔は、そうと分かるまでにこんなに時間がかかるものだったでしょうか？

粉末ピューレは、体内をでたらめに流れるのではありません。隠れた線をなぞるのです。それはあらかじめわたしのなかにあった線なのですが、普段は隠れているのだと思います。温かいピユーレが体のすみずみまでいきわたるとこの線がくっきりと浮かび上がって、わたしは輝き出すのです。

ふと我にかえってみると、跳ね馬さんの顔はあざだらけなのでした。

「どうしたんです、それ」

「部屋の中で、転んだの」

跳ね馬さんはそっぽを向いて、ベッドのカーテンを引いてしまいました。たかが布切れ一枚ですが、こうなってしまうとカーテンを開けることはできません。わたしは途方に暮れて、なおも訴え続けました。自分がいかに粉末ピューレを必要としているか、それがどんなに素晴らしいものであるか。カーテンの向こうから返事はなく、そのうち他の人たちが帰ってくる時刻になってしまい、それ以上は騒ぐこともできずに、ただ悲しく座り込むばかりでした。

ひょっとすると、跳ね馬さんはやっかいごとに巻き込まれたのかもしれません。あくる日、姿を消してしまいました。ベッドは空っぽ、荷物もない。誰に訊いても行方は知らない、と言う。世話役さんに訊いても言葉を濁して、

「えー、そのうち戻ってくるんじゃないのぉー」

などととぼけます。勝手に外出するなと命じておいてすごいなと思いました。世話役さんはわたしがしつこく訊くせいなのか、それとも別の理由があるのかは分からないのですが、

「そもそもそんな女、最初からここにはいなかったけど?」

とイライラした口調で言うのでした。わたしは黙ることしかできませんでした。

「跳ね馬さんは、どこへ行ったのでしょう」

ミツ子さんに訊くと、彼女は困った顔をしてわたしの頭を撫でるのでした。

「余計なことに、首を突っ込んじゃダメ」

ある時、わたしのひどい顔色を見かねて夜勤の女の子が声をかけてくれました。

「煙草、あなたも一本いかが。おつけしましょ」

わたしは煙草をもらって吸いました。煙草をもつ手が震えていました。煙草を吸うと、気のせいか、少し気持ちが楽になる気がしました。粉末ピューレが手に入らなくなってから不眠、頭痛、ひどい便秘に悩まされるようになっていました。化粧道具を広げた鏡の前で、女の子は自分も煙草を吸いながらチラチラと鏡越しにこちらの様子をうかがっていましたが、とうとう、

「これ食べてよ」

と出前で取った中華丼を押してよこしました。親切はありがたかったのですが、わたしは首を振りました。食欲もないし、無理に食べると吐いてしまいそうでした。

憔悴しきったわたしを心配して、ミツ子さんはあんまをしたり、お灸をすえたりしました。櫛を使ったおまじないをしたり、便所へ連れて行って、神社でもらったお札を焼いたりもしました。ミツ子さんに申し訳なくて涙が止まらない一方、自分が粉々になり砂埃となって、どこかへ吹き飛ばされてしまうような気がしました。毎日が怖くて、不安でたまりませんでした。夜、玄関のドアからやみくもに飛び出そうとしたところを他の女の子たちに見つかって、連れもどされたこともあります。女の子たちは口々にわたしを叱って、夜は犬を放してあるのに、自殺行為だと言

うのでした。夜間は施錠してあるはずの玄関の扉がこの時なぜか開いていて、わたしは誰かがわたしを殺そうとしているのではないかという疑いを抱きました。

ある日、リカさんが虚脱はなはだしいわたしの口をこじ開けて、粉末ピューレを流しこみました。しばらくの間、わたしは片目を閉じ、口をすぼめて息を吐いていました。粉末ピューレが体のすみずみまでいきわたると、目尻から一滴、甘い涙がこぼれ落ちました。

リカさんはほつれた髪をかきあげ、舌打ちをしてわたしの耳をつかみ、いまいましそうに、

「今回だけだからね」

と言いました。

わたしはわけも分からず、何度もうなずくのでした。


とうとう寮を追い出されることになりました。ミツ子さんは悲しみのあまり焦点の定まらない目をいつまでも見開いていました。あの目を、わたしはたぶん生涯忘れないのです。そして、「あんたをこれ以上、ここにおいておくことはできない」といった世話役さんの顔は、どこか愉快気なのでした。

跳ね馬さんがいなくなってからというもの、わたしはどうすれば粉末ピューレが手に入るのかとそのことばかり考えるようになりました。昼の女の子たちが出勤してしまうと、世話役さんとリカさんは外へ一服しに行きます。そのちょっとの間を狙って、わたしは他人のベッドに入りこむようになりました。それまで見つかったことは一度もなかったのですが、それだけに、だんだ

んと用心を怠るようになっていったのかもしれません。いつも現金狙いでした。粉末ピューレも探していたのですが、現金はわたしにとって自然の富のようなもので、それさえあればどこからか何かしら引き出すことができる気がしたのです。寝台の壁の釘にはたいてい、頭陀袋《ずだぶくろ》がかかっていました。女の子たちはここに私物を入れておくのです。紙に包んだひと房の髪、子どもの歯、古い写真、朽ちたコンドーム、自作の詩のノート。袋を逆さにふると、ざあっと大量の古釘がこぼれ落ちたこともあります。ベッドに飛び乗ると嫌な音をたててマットがきしみました。

「なにをしている！」

と声がしてカーテンが開き、わたしはその場で取り押さえられました。体に似合わぬ怪力のリカさんに、ベッドから引きずり出されてしまいました。現行犯でした。世話役さんが身体検査をしてみると、わたしの体のそこかしこから、まるで手品のように金が次々と出てくるのです。夕方になって帰宅した同じ部屋の女の子たちが自分の金の隠し場所を確かめ、無くなっていることが分かると、いよいよわたしの分が悪くなっていきました。女の子たちは眉をひそめて「見かけは純情そうなのに」とか「とんだくわせ者ね」とかひそひそ喋っていました。ミツ子さんはずっと泣いていました。わたしは、

「これはわたしの金です、他人のベッドに入ったのは、間違えたからです」

と言いはり続けていました。この先どうなるのか分からなかったけど、頑張ればなんとか言い逃れができる気もしていました。

「ミツ子も仲間なの？」

世話役さんが尋ねると、ミツ子さんの顔は真っ青になりました。口の中が一瞬でカラカラになります。世話役さんは毎日ぶらぶら賭け将棋に興じているように見えて、部屋の女の子たちをずっと観察して、どこを突けば痛いのかちゃんと把握しているのでした。黙って下を向いていると、ミツ子さんはとうとう気を失って倒れてしまいました。駆け寄ろうとして制止され、しょうがなく、

「魔が差したのです、どうか勘弁して下さい」

と床に額を擦りつけてあやまりました。全部わたし一人が計画してやったことですと白状したのです。

「出て行け」

と世話役さんが言いました。

わたしは気を失ったままのミツ子さんに目だけでそっと別れを告げました。リカさんに肩を押されてのろのろと部屋を出ました。廊下には物音を聞きつけた他の部屋の女の子たちが大勢、様子を見に出てきていました。突き飛ばされて転がり出て、アパートの前の砂利を敷いた地面に思わず両膝をついたら、汚い土鳩がいっせいに飛び立ちました。後ろから巧みに投げつけられた靴が頭に命中して、それは案外痛かったです。背後で玄関の扉がぴしゃんと閉まる音がしました。靴をひろって履き、わたしは歩き出しました。

気がつくと海に近い国道をふらふらと歩いていました。ぶたれたり蹴られたりした時に血がちょっと出ていたのですが、ハンカチがなかったので、その辺に生えている葉っぱをちぎって血を

拭きました。

海の側には大きな工事現場があり、設置された看板を見ると、ここでは目下のところリゾートマンションを建設中のようでした。わたしは立ち止まって、大型クレーンのウインチが巻き上がってゆくのをぼんやりと眺めました。土埃を立ててブルドーザーが行きかい、土砂を運ぶトラックが警告音を鳴らしながら、ゆっくりとバックしてきます。ヘルメットにマスクを着けた作業員が、腕を回してトラックを誘導していました。看板に書かれたペンキ絵には、ベビーカーを押す若い夫婦や、犬を連れた仲睦まじそうな老夫婦の姿が描かれ、幸福そうな家族の背景には大型マンションと椰子の木と青い海が、頭上にはまぶしい夏空が広がるのでした。

再び歩き出しましたが、足も気持ちも重く、潮風が吹きつけて寒く、海はと見ると白い波が立って荒れていました。海岸沿いの通りは交通量が多くて、トラックやバイクが騒々しい音を立ててすぐ脇を通りすぎました。ときどき向こうから救急車が走ってきては、サイレンの音色を変えて行き過ぎます。湾になった鉛色の海の向こうに小さく、観覧車の赤いゴンドラが見えました。曇り空を背にした観覧車はもう灯を点けていました。電飾が弱々しくまたたいています。

灰色の雲は泡立つ海原の奥で積みあがっています。

アスファルトの地表は白く乾き始めています。

二週間ぶりの我が家が見えてきた途端、妹が家の門からすごい勢いで飛び出してそのまま飛び上がり、上空を三度旋回してから山の方へ逃れて行くのが見えました。妹のことなんか今ではほとんど思い出すこともなくなっていたけれど、さすがのわたしも驚いて、これはただごとではない、家の中で何かが起こったのだ、と分かりました。

部屋には父、母、それに見慣れぬ人間たちが五、六人もいて、鉄パイプを握りしめて、しかもその人たちは全員、土足でした。わたしたちは普通、家の中では靴を脱いで過ごしますから、辺りは泥だらけでした。父は血を流して倒れた母を抱きかかえていました。

わたしが、

「あっ」

と大声をあげると覆面人間たちは振り向きました。男たち、いえ、ひょっとすると女も混じっていたのかもしれません。わたしを見るや否や、ものも言わずにそそくさとベランダの窓から逃げていきました。

いつもは温厚な父が感情のバルブを開け放って泣いています。母は血まみれで、ちょっと見たところ死んでいるようでした。わたしは救急車を呼ぼうとして、

「止めなさいモニカ、もう手遅れなんだ」

と叱りつけられました。

党の人間たちだ、と直感しました。母が襲われたのです。ひょっとして、いつかは、と長年恐れつづけてきたことが、とうとう現実になったのでした。当然の報いだとも思えず、わたしは逆上し、母のハンドバッグをつかんで逆さに振りました。母の死に際して、自分一人では抱えきれないこの気持ちを、なにかに託したかったのです。ハンドバッグからハンカチ、文庫本、口紅、

コンパクト、のど飴が落ち、床を遠くまで滑っていきました。父は嗚咽して「かわいそうに、かわいそうに」と繰り返していました。

それからどのくらい時間が経ったのでしょう。気がつくと、日頃あまりない実感が胸に広がっていました。言葉のない、ある特別な現象が部屋を満たしているような気がしたのです。微かな気配を感じて振り返ったのですが、開け放ったベランダの窓から入り込む、ただの霧でした。山に近いせいか、この辺りではときどき霧が湧くのです。湿った濃い霧を吸い込んで、わたしは少し咳き込みました。そして元になおると、

「あらモニカちゃん、帰ったの？」

と機嫌のいい声がして、死者がよみがえっていました。

奇跡が起こって、母は息を吹き返していたのです。またたきをして、父とわたし、流れる血などを見て不思議そうにしています。元どおりの健やかな姿で立ちあがると、花のほころぶような笑顔を浮かべました。わたしは彼女の、涼しい命のほとばしりを感じました。

目の前の光景が現実とはとても思われなかった。今、わたしという船をもやっていた綱は外れ、どことも知れない茫とした世界に向かって、漂い始めたようです。

二つの幸運

Aはアメリカ人、哲学者に会いに行ったことがある。数々の偶然によって、わたしはいま、Aがかつて訪ねた哲学者の家の近所に住んでいる。哲学者の家の前を通りかかったとき、Aがわたしに話してくれた。

哲学者に会うには複雑な手続きが必要だった。まず電話番号を手にいれる。これは普通、公開されていないのだと、Aは編集者に教えられた。当然だ。彼に会いたい人はたくさんいる。皆、彼の叡智に触れ生気を取り戻したい。昔からの、読者も多い。

Aは運が良かった。暮れゆく北の街で彼は電話を取った。プリペイド式の、二つ折りの携帯電話にかかってきたのは中年女性の声だった。その声は哲学者の家の住所と、訪問すべき日時を告げた。哲学者の上の娘だろう、たぶん、と彼は思った。

Aの立つ田舎の駅前の雑踏《ざっとう》に、さざ波立つ光が生まれ始めていた。山の向こうはほの明るく、エネルギーに満ちた雷雨の前の空が西から迫っていた。小さな石が転がってきて、靴の先にコツンとぶつかった。背骨を曲げた人々が行き交った。誘蛾灯に集まった虫が弾けた。彼の両の目は見えないものを見ようとさまよい、電話を持っていない方の手はポケットを探ろうとして、腿のあたりでいぶかりつづけていた。Aは絶望的な気持ちになった。住所を書きとめる紙もなければ、筆記用具もない。電話が切れた後で、道路の向こうに宝くじ売り場があることに気がついた。彼はいらいらと信号が変わるのを待ち、青になるやいなや、そこへ突進した。もどかしい気持ちでくじを一枚買うと、唸り声をあげながら、台に備え付けのエンピツで、乱暴に住所を書きつけた。

数日後、Aは再び焦っていた。彼は崖の多い町、お寺の緑が茂り、石塀に緑のつるが這《は》い、無数の防空壕跡の残る町にいた。つまり、いまわたしが住む町ということだけど。くじに書いた住所は間違っていた。近くまで来ていることは確かだったけど、完全に哲学者の家を見失ってしまった。さらに悪いことに、約束の時間は刻一刻と迫っていた。

Aは交差点の角に公衆電話のボックスを見つけた。飛び込んだボックスの中は暑くて、淀んだ空気が充満して、まるで母親の胎内のようだ。備え付けの分厚い電話帳を引っ張り出して、パリパリした薄い紙をめくった。額に汗の粒を浮かべて、彼は悲しかった。電話番号が載っているはずはない。だって、あの編集者が言うように、公開されていないのだから。哲学者には会えないだろう。上の娘は、彼が約束をすっぽかしたことに腹をたてるだろう。ああいう人たちは見知らぬ人々の訪問に慣れていて、しかも時間には厳しいに違いない。だって、老いた哲学者に、あとどれだけの時が残されているというのだろう。二度目のチャンスはない。もう会えない。もう二度と。

きっと載ってない、と半ば確信していた哲学者の家の電話番号を電話帳に見つけたとき、安堵のあまり膝から力が抜けた。その力みは、天へと抜けていった。透明で蒸し暑いボックスの中で、たぶん「気」は、下から上へと運行した。というのもその瞬間、ボックスの屋根で安らいでいた数羽の鳩が、一斉に飛び立ったから。

哲学者の家に着くと、赤い目をしたテレビ局員がぎっしり居間を埋めていた。散髪したての頭をした哲学者は、足も悪いらしく、膝で訪問者ににじり寄った。哲学者はAにだけ語りかけた。Aだけを見て、まるでそこに、Aしか存在しないかのように。口調は丁寧で、腰が低く、感じが良かった。哲学者は思ったよりずっと、若々しかった。

でもくじは？　とわたしはAに尋ねる。くじはどうなったのか。当たったのか、外れたのか、賞金は高額なのか、そうでもないのか。

Aは、覚えていない、と答える。くじは哲学者の家を訪ねてまもなく、どこかへやってしまった、当籤を確かめるなんて、思いもしなかったよ、と。

あとがき　中篇がわからない……

短篇は、フラナリー・オコナー式に、人生のある時ある瞬間にふと身を投じてしまうそのさまをできるだけあざやかに切り取ればよい（オコナーの言い方でいえば、恩寵の瞬間、ですね）、という自分なりの方法論があるのですが、中篇というか、一〇〇枚くらいの長めの短篇になると、なにをどう書いてよいのやらかいもく見当がつかない——そんなわたしにとって、本書に収めた三作（「恋する少年十字軍」「犬猛る」「非行少女モニカ」）は、苦労しただけに思い入れもひとしおです。

本書には約十年にわたって書いてきたあれやこれやを収めています。二〇一一年の年明け発売の雑誌でデビューしたわたしは、まもなくやってきた三月十一日を経て、朝も昼も夜もそのことばっかりをいらいらと考えるようになったわけですが、直接の言及はなくともこの間に書いてきた作品には、逃げる／逃げない／移動する、ということがつきまとっている、と作者は思います。

主題と呼ぶにはいささか病的なこれらは、「動きつづけねば」「すべての悲惨は移動をやめたとき始まる」「止まったら悪いことが起こる」という実生活でも悩まされている強迫観念の産物です。

とはいえもちろん、移動することの圧倒的な正しさ、というのはわたしの自家製コスモロジーのなかではそうである、という話にすぎません。

スランプの時期に通った朝日カルチャーセンター創作講座の池田雄一先生と学友の皆さんにお礼申し上げます。「二つの幸運」はそこで提出したスケッチ風のフィクションです。「帰巣本能」は二〇二〇年二月に行われた「二子玉川　本屋博」内のイベント「早助よう子作品の魅力を語る」にて、来場者へのお土産として配られました。イベントを企画してくださり、また本書への掲載を快諾してくださった北田博充さん、ありがとうございました。「文學界」掲載時に「犬猛る」を担当してくださった浅井茉莉子さん、「恋する少年十字軍」、「非行少女モニカ」の「文藝」掲載時の担当であり、本書出版の声もかけてくださった岩本太一さん、そして奇妙で愛らしい、素敵な装丁を担当してくださった佐々木暁さんにも感謝します。

掌篇「ポイントカード」は「十年後のこと」をテーマにしたオムニバスに収められたものを再録しました。二〇一六年に書いてからはや四年。思い描いた十年後の未来まであと六年。はたしてこういう未来が来るのか、来ないのか、やっぱり来るのか……（キャッシュレス化が進み、ポイントカード、それ自体はすがたを消しつつありますが）、わかんねえぞ、未来なんて、というところで、締めたいと思います。

コロナ禍の春、東京にて

早助よう子

・早助よう子（はやすけ・ようこ）
一九八二年生まれ。二〇一一年、「ジョン」（「monkey business」vol.12, 2011 Winter／ヴィレッジブックス）でデビュー。著書に『ジョン』（私家版、二〇一九年六月）がある。

初出一覧

・少女神曰く、「家の中には何かある」………書き下ろし
・恋する少年十字軍………「文藝」二〇一五年春号
・犬猛る………「文學界」二〇一五年一二月号
・ポイントカード………「文藝」二〇一六年秋号、『十年後のこと』（河出書房新社、二〇一六年一一月）に収録
・帰巣本能………小冊子「帰巣本能」〔非売品〕（早助よう子＋本屋博実行委員会、二〇二〇年一月）
・非行少女モニカ………「文藝」二〇一七年夏号
・二つの幸運………書き下ろし

＊「恋する少年十字軍」と「非行少女モニカ」は単行本化にあたり加筆修正した。

恋する少年十字軍

二〇二〇年九月二〇日　初版印刷
二〇二〇年九月三〇日　初版発行

著者　早助よう子
発行者　小野寺優
発行所　株式会社河出書房新社
〒一五一・〇〇五一
東京都渋谷区千駄ヶ谷二ノ三二ノ二
☎〇三・三四〇四・一二〇一（営業）
〇三・三四〇四・八六一一（編集）
http://www.kawade.co.jp/
組版　KAWADE DTP WORKS
印刷　株式会社亨有堂印刷所
製本　加藤製本株式会社

Printed in Japan　ISBN978-4-309-02907-8